El Punto de Vista

Por

Henry James

De la señorita Aurora Church, a bordo, a la señorita Whiteside, en París

Mi niña querida, el bromuro de sodio (si es así como lo llaman) resultó ser perfectamente inútil. No quiero decir que no me hiciera bien, pero nunca tuve ocasión de sacar la botella de la valija. Me habría hecho maravillas si lo hubiera necesitado; pero simplemente no las hizo porque yo he sido una maravilla. ¿Creerás que he hecho todo el viaje en cubierta, en la más animada conversación y haciendo ejercicio? Doce vueltas a la cubierta suman una milla, creo; y según este cálculo, he estado caminando veinte millas diarias. Y he bajado para todas las comidas, imagínate, en las que desplegué el apetito de una piraña. Por supuesto, el clima ha estado lindísimo, de modo que no tengo gran mérito. El viejo, perverso Atlántico estuvo tan azul como el zafiro de mi único anillo (que es bastante bueno), y tan terso como el piso resbaloso del comedor de madame Galopín. Durante las tres últimas horas hemos tenido tierra a la vista y pronto entraremos en la bahía de Nueva York, dicen que es de una exquisita belleza. Pero claro está que la recuerdas, aunque dicen que todo cambia tan rápido aquí. Encuentro que no recuerdo nada, pues mi memoria de nuestro viaje a Europa, tantos años atrás, es excepcionalmente vaga; tan sólo tengo una dolorosa impresión de que mamá me encerraba una hora diaria en el salón principal y me hacía aprender de memoria algún poema religioso. Yo tenía tan sólo cinco años de edad y creo que de niña era tímida en extremo; por otra parte, mamá era, como lo sabes, terriblemente severa. Es severa hasta hoy, sólo que yo me he vuelto indiferente: ¡he sido tan pellizcada y empujada! (moralmente hablando, bien entendido). Sin embargo, es verdad que hay niños de cinco años a bordo, hoy, que han estado demasiado visibles, correteando por todo el barco y tropezando siempre con nuestros pies. Por supuesto, son pequeños compatriotas, lo que significa que son pequeños bárbaros. No quiero decir que todos nuestros compatriotas sean bárbaros; parecen mejorar, de algún modo, tras su primera comunión. No sé si será esta ceremonia que los mejora, sobre todo porque tan pocos de ellos la practican; pero las mujeres son, sin duda, más simpáticas que las niñitas; quiero decir, en proporción. Me advertiste que no generalice y ya ves que he empezado a hacerlo antes de llegar. Pero supongo que no hay ningún mal en ello, en tanto sea favorable. ¿No es favorable cuando digo que he pasado el tiempo más encantador? Nunca en mi vida tuve tanta libertad, y he salido sola, podría decirse, cada día del viaje. Si es un anticipo de lo que vendrá, lo acogeré encantada. Cuando digo que he salido sola, quiero decir que siempre fuimos dos. Pero los dos estábamos solos, por así decirlo, y no era como tener siempre encima a mamá, o a madame Galopin, o a alguna señora de la pensión, o a la cocinera suplente. Mamá no se ha sentido bien; en tierra se la ve tan bien, que es notable verla tan caída. Ella dice, sin embargo, que no es por el mar sino, al contrario, por la proximidad de tierra. No está apurada por llegar, dice que grandes desilusiones nos esperan. No sabía que ella tuviera ilusión alguna: es tan severa, tan filosófica. Es muy seria: se queda sentada durante horas, en perfecto silencio, con sus ojos clavados en el horizonte. Ayer la oí decirle a un caballero inglés —un muy estrafalario señor Antrobus, la única persona con la que ella habla— que temía que su patria no le gustara, y que a ella no le gustaría que no le gustase. Pero esto es un error: ella disfrutará enormemente (de que no le guste). Si demostrara ser de algún modo agradable, mamá se sentiría furiosa, porque eso iría contra su sistema. Ya sabes todo acerca del sistema de mamá, lo he explicado tantas veces. Va contra su sistema el hecho de que estemos de vuelta; ese fue mi sistema. ¡Finalmente, tuve que inventarme uno! Ella consintió en volver únicamente porque vio que, al carecer de dote, yo nunca me casaría en Europa; y pretendí estar inmensamente preocupada por esta idea, para que ella se pusiera en marcha. En realidad, ça m'est parfaitement égal. Tan sólo temo que me guste demasiado (no me refiero al matrimonio, sino a mi patria). Digas lo que quieras, es encantador salir sola, y le he avisado a mamá que voy a estar siempre en course. Cuando le digo eso, me mira siempre con idéntico silencio; su ojo se dilata, y luego lo cierra, lentamente. Es como si el mar la afectara un poco, aunque está tan bellamente tranquilo. Le pregunto si va a probar mi bromuro, que está ahí, en mi bolso; pero me hace ademán de que me vaya, y empiezo a caminar de vuelta, taconeando con mis botitas sobre la tersa y limpia cubierta. Esta alusión a la suela de mis botas, dicho sea de paso, no nace de la vanidad, pero es un hecho que en el mar los pies y el calzado asumen la más extraordinaria importancia, así que deberíamos tener la precaución de contar con bonitos zapatos. Parece que es lo que más ves cuando la gente camina por cubierta: terminas por conocerlos íntimamente, ¡y por rechazar tanto a algunos de ellos!

Temo que pensarás que ya me he desatado; y, por lo que sé, estoy escribiendo como une demoiselle bien élevée no debería escribir. No sé si será el aire americano; si es así, todo lo que puedo decir es que el aire americano es muy encantador. Me hace sentir impaciente e inquieta, y me siento aquí a garabatear porque estoy tan ansiosa de llegar y el tiempo pasa mejor si estoy ocupada. Estoy en el salón donde comemos y frente a mí hay un ojo de buey, grande y redondo, bien abierto para que entre el olor de la tierra. De vez en cuando me alzo un poco y miro por él, a ver si ya estamos llegando. A la bahía, quiero decir, porque no llegaremos a la ciudad hasta el anochecer. No quiero perderme la bahía, parece que es tan maravillosa. No sé qué hay en ella, exactamente, salvo algunas islas hermosas; pero me imagino que ya conoces todo eso. Es fácil ver que estas son las últimas horas, porque todo el mundo a mi alrededor está escribiendo cartas para despachar en cuanto lleguemos al muelle. Creo que en la aduana son temibles, y recordarás cuántas cosas persuadiste a mamá que (dada mi preocupación por el matrimonio) yo debería traer a este país, donde no se espera que ni siquiera las chicas más bonitas anden por ahí sin adornarse. Nos arruinamos en París (esto es parte de la solemnidad materna), mais au moins je serais belle! Más aun, creo que mamá está preparada para hacer todo lo que sea necesario a fin de escapar de sus odiosos deberes; como ella muy justamente observa, no puede darse el lujo de arruinarse dos veces. No sé cómo enfrentar a estos terribles douaniers, pero trataré de inventar algo muy encantador. Quiero decir, «voyons, messieurs, una muchacha como yo, criada en las más estrictas tradiciones extranjeras, siempre mantenida en segundo plano por una madre muy superiora —¡allí está, véanla ustedes mismos!—, ¿qué, sería posible que intentase contrabandear algo? Nada más que algunas reliquias de su convento». No les diré que mi convento se llama el Magasin du Bon Marché. Mamá empezó a regañarme hace tres días por mi insistencia en traer tantos baúles, y la verdad, entre nosotras, es que son no menos de siete. ¡Tratándose de reliquias, son muchas! Todos estamos escribiendo cartas muy largas, o al menos en gran cantidad. No hay aún noticias de la bahía. El señor Antrobus, el amigo de mamá, frente a mí, comienza su novena carta. Es un Honorable y MP, Miembro del Parlamento; durante el viaje ha escrito cartas como loco, y parece muy alarmado por la cantidad de estampillas que deberá comprar cuando lleguemos. Está cargado de Informaciones, pero no tiene bastantes, porque hace tantas preguntas como mamá cuando va alquilar un departamento. El señor Antrobus viene a «mirar» varias cosas; habla como si esas cosas tuvieran un agujerito ad hoc. Camina casi tanto como yo, y tiene zapatos muy grandes. Hasta me hace preguntas a mí y yo le contesto, una y otra vez, que no sé nada de América. Pero es inútil: siempre empieza de nuevo, y otra vez, y no es raro que encuentre increíble mi ignorancia. «Ahora bien: ¿cómo serían las cosas en uno de sus estados del Sudoeste?», es su modo favorito de iniciar una conversación. ¡Imagínate a mí, dando informes sobre los estados del Sudoeste! Le digo que mejor se lo pregunte a mamá, tanto como para incomodar a esta señora, tan enterada como yo de esos lugares. El señor Antrobus es muy grande y moreno; habla con una especie de acento irlandés, tiene mujer y diez hijos, no es muy romántico. Pero trae cantidad de cartas para gente là-bas (olvidaba que estamos llegando) y mamá, que se interesa por él a pesar de sus opiniones (que son espantosamente avanzadas y en absoluto como las de mamá), le ha prometido presentarlo en la mejor sociedad. No sé qué sabrá ella de la mejor sociedad de aquí hoy en día, porque no mantuvimos nuestras relaciones, para nada, y nadie sabrá (o, me temo, se ocupará) de nosotras. Ella imagina que seremos espléndidamente reconocidas; pero en realidad, salvo los pobres, pequeños Ruck, que están arruinados y, según me dicen, en ninguna sociedad, no sé con quién podremos contar. C'est égal. Mamá tiene la idea de que, ya fuere que nosotras apreciemos América o no, por lo menos seremos universalmente apreciadas. Es verdad que hemos empezado a serlo, un poco: se ve en la forma en que el señor Cockerel y el señor Louis Leverett están siempre invitándome a caminar. Estos dos caballeros son norteamericanos, me han pedido permiso para visitarme en Nueva York y yo les he dicho: «Mon Dieu, oui, si esa es la costumbre local». Claro que no me atreví a contarle esto a mamá, quien se ufana de haber traído con nosotras, en nuestros baúles, un equipo completo de costumbres propias, y que apenas si tendremos que sacudirlas un poco para ponérnoslas cuando lleguemos. Si tan sólo los dos caballeros que acabo de mencionar no me visitan al mismo tiempo, creo que no estaré muy asustada. Por otra parte, si lo hacen no sé qué pasará. Se tienen mutua aversión y están listos para pelearse por mí, pobre criatura. Sin embargo, yo soy únicamente el pretexto, porque, como dice el señor Leverett, se trata realmente de temperamentos opuestos. Espero que no se degüellen mutuamente, porque no estoy loca por ninguno de ellos. Están muy bien para la cubierta de un barco, pero no me interesarían, en absoluto, en un salón; no son nada distinguidos. Ellos piensan que lo son, pero no es así. Por lo menos, lo piensa el señor Louis Leverett, al señor Cockerel no parece importarle tanto. Son sumamente distintos (con sus temperamentos opuestos) y cada uno resulta muy divertido, por un tiempo; pero me cansaría espantosamente de pasar toda mi vida con cualquiera de ellos. Ninguno me lo ha propuesto, hasta ahora, pero es evidente que a eso se encaminan. Sería, en gran medida, para rivalizar entre ellos, porque pienso que, au fond, no creen del todo en mí. Si fuera así, sería el único punto en que estarían de acuerdo. Se odian horriblemente, el uno al otro; ¡tienen opiniones tan distintas! Esto es, el señor Cockerel detesta al señor Leverett, lo llama «un pequeño asno enfermizo», dice que sus opiniones son mitad afectación y la otra mitad, dispepsia. El señor Leverett se refiere al señor Cockerel como «un salvaje estridente», pero declara encontrarlo muy divertido. Dice que no hay nada en lo que no podamos encontrar alguna diversión, si tan sólo lo miramos en la forma adecuada, y que no se trata de odiar o amar sino que únicamente deberíamos tratar de comprender. Comprender es perdonar, dice. Eso es muy bonito, pero no me gusta la supresión de nuestros afectos, aunque no tengo ningún deseo de fijar los míos en el señor Leverett. Es muy artístico y habla como una nota en alguna revista, ha vivido mucho en París y eso es, dice el señor Cockerel, lo que lo ha convertido en semejante idiota. Esto no se aplica a ti, querida Louise, y mucho menos a tu brillante hermano, porque el señor Cockerel explica que se refiere al mal efecto de París sobre los hombres, especialmente. En realidad, se refiere a la mala influencia de Europa toda. Esto, sin embargo, implica a mamá, y me temo que no hay duda de que (sobre la base de lo que yo le he contado) él piensa que mamá también es una idiota. (No soy responsable, sabes, yo siempre quise volver a casa). Si mamá lo conociera, que no lo conoce porque siempre cierra los ojos cuando paso del brazo con él, lo encontraría desagradable. El señor Leverett, no obstante, me dice que él no es nada frente a lo que nos queda por ver. Él es de Filadelfia (el señor Cockerel); insiste en que vayamos a conocer Filadelfia, pero mamá dice que ya la vio en 1855 y que entonces era affreux. El señor Cockerel dice que mamá no está familiarizada, evidentemente, con la marcha del progreso en este país; habla de 1855 como si el tiempo no hubiera pasado.

Mamá sólo dice que ella sabe que América va demasiado aprisa, tan aprisa que no tiene tiempo para hacer nada bien; y entonces el señor Cockerel —quien, para hacerle justicia, es por naturaleza perfectamente bondadoso— observa que sería mejor que ella esperase a estar en tierra y ver los progresos. Mamá le retruca que puede verlos desde aquí, los progresos, y que dan un vuelco al corazón. (Este pequeño intercambio de ideas se hace a través de mí: nunca se han hablado). El señor Cockerel, como dije, es muy buena persona y cumple lo que he oído de los hombres en América: que son muy considerados con las mujeres. Es evidente que les prestan oídos en abundancia, no las contradicen, pero esto parece ser bastante negativo. Hay muy poca galantería en no contradecirla a una, y sospecho que hay algunas cosas que los hombres no expresan. Me he dado cuenta por otros que vienen en el barco. Es como si todos fueran tus hermanos, o tus primos. Pero te prometí no generalizar, y tal vez encuentre más expresividad cuando lleguemos. El señor Cockerel vuelve a América después de una amplia gira, con la renovada convicción de que este es el único país. Lo dejé en cubierta hace una hora, mirando la costa con prismáticos y diciendo que es lo más hermoso que vio en toda su gira. Pero cuando le señalé que la costa me parecía más bien baja, me contestó que así sería más fácil desembarcar; el señor Leverett no parece apurado por hacerlo; desde aquí lo veo sentado en una esquina del salón, escribiendo cartas, supongo, pero parece, por el modo en que muerde la lapicera y revolea los ojos, que estuviera escribiendo un soneto y buscando una rima. Quizás el soneto me esté dedicado, ¡pero me olvido de que él suprime los afectos! La única persona que le interesa mucho a mamá es el gran crítico francés, monsieur Lejaune, a quien tenemos el honor de contar como compañero de viaje. Hemos leído unos pocos de sus trabajos, aunque mamá desaprueba sus tendencias y piensa que es un materialista temible. Lo hemos leído en razón del estilo, sabes que es uno de los nuevos académicos. Es un francés como cualquier otro, salvo que es bastante más tranquilo, y tiene un bigote gris y la cinta de la Legión de Honor. Es el primer escritor francés distinguido que viene a América desde De Tocqueville: los franceses, en tales cuestiones, no son muy emprendedores. También tiene el aire de preguntarse qué está haciendo dans cette galère. Viene con su beau-frère, que es ingeniero en busca de algunas minas, apenas si habla con alguien más porque no sabe inglés y da por descontado que nadie habla francés. Mamá estaría encantada de demostrarle lo contrario, nunca ha conversado con un académico. Cuando él pasa a su lado, ella le hace una vaga inclinación, con una sonrisa, y él le contesta con una inclinación respetuosa, pero no pasa de eso, para desilusión de mamá. Siempre está con el beau-frère, un hombre bastante desaliñado, gordo y con barba, también condecorado, siempre fumando y mirando los pies de las señoras, al que mamá (aunque sus pies son muy lindos) no tiene el coraje de abordar. Creo que monsieur Lejaune va a escribir un libro sobre América, y el señor Leverett dice que será terrible. El señor Leverett lo ha conocido y dice que monsieur Lejaune lo pondrá en su libro, y que el movimiento intelectual francés es soberbio. En general, no le interesan los académicos, pero piensa que monsieur Lejaune es una excepción, es tan vivaz, tan personal. Le pregunté al señor Cockerel qué pensaba del proyecto de monsieur Lejaune de escribir un libro sobre América y me contestó que no veía qué podría interesarle a él que un francés más hiciera el ridículo. Le pregunté por qué él no había escrito un libro sobre Europa y me dijo que, en primer lugar, Europa no vale la pena de que se escriba sobre ella, y en segundo lugar, si escribiera lo que piensa, la gente creería que es una broma. Dijo que aquí somos muy supersticiosos respecto de Europa; él quiere que en América la gente se comporte como si Europa no existiera. Se lo conté al señor Leverett y me contestó que si Europa no existiera, América tampoco, porque Europa nos mantiene en vida comprando nuestro trigo. Dijo también que el problema con el futuro de América es que producirá cosas en cantidades tan enormes que no habrá gente suficiente en el resto del mundo para comprarlas, y que nos quedaremos con nuestros productos —muy horribles— en las manos. Le pregunté si pensaba que el trigo es un producto horrible y replicó que nada es más feo que demasiada comida. Yo pienso, sin embargo, que alimentar al mundo demasiado bien sería, después de todo, un beau rôle. Por supuesto que no entiendo de estas cosas, y no creo que el señor Leverett las entienda tampoco, pero el señor Cockerel parece saber de lo que está hablando y dice que América es completa en sí misma. Ignoro qué quiere decir exactamente, pero él habla como si los asuntos humanos se hubieran trasladado, de algún modo, a este lado del mundo. Podría ser un buen lugar para ellos, y Dios sabe cuán cansada estoy de Europa, a la que mamá tanto me insiste en apreciar; pero pienso que no me gusta la idea de aislarnos tanto. El señor Cockerel dice que no somos nosotros los aislados, sino Europa, y parece creer que Europa, de algún modo, se lo ha merecido. Tal vez sea así; nuestra vida allí era, a veces, sumamente fatigosa, aunque mamá dice que ahora es cuando comenzarán nuestras verdaderas fatigas. Me gusta burlarme de esos horribles países antiguos, pero no estoy segura de que me guste que otros lo hagan. Después de todo, allí pasamos algunos muy buenos momentos, y por cierto que en Piacenza vivimos con cuatro francos diarios. Mamá ya está terriblemente preocupada por los gastos de aquí, está asustada por lo que la gente en el barco (los pocos con que ha hablado) le ha informado. Hay un cierto consuelo: gastamos tanto dinero en venir aquí, que no tendremos nada para derrochar. Como ves, estoy escribiendo para hacer algo hasta tener noticias de las islas. Aquí las trae el señor Cockerel. Sí, están a la vista: me dice que están más lindas que nunca y que debo subir a cubierta de inmediato. Supongo que pensarás que ya empiezo a usar el lenguaje del país. Es seguro que al cabo de un mes no hablaré otro.

Dondequiera hemos viajado, se me contagió el dialecto: ya has oído mi platt-deutsch y mi napolitano. Pero, voyons un peu, ¡la bahía! Acabo de avisar al señor Leverett sobre las islas. «Las islas… ¿las islas? ¡Ah, mi querida niña, he visto Capri, he visto Ischia!». Bueno, yo también, pero eso no impide que… (Poco después) Vi las islas, son bastante raras.

II

De la señora Church, en Nueva York, a Madame Galopin, en Ginebra

17 de octubre de 1880

Si me sentía lejos de usted en mitad de ese deplorable Atlántico, chère Madame, ¿cómo me siento ahora, en el corazón de esta ciudad extraordinaria? Hemos llegado, querida amiga, hemos llegado, pero no sabría decirle si lo estimo un beneficio. Si se nos hubiese dado a elegir entre desembarcar sanas y salvas, o hundirnos en el fondo del mar, sin duda habría optado por lo primero, claro está, porque sostengo —con su noble esposo y en oposición a la tendencia general del pensamiento moderno— que nuestras vidas no nos pertenecen para disponer de ellas, sino que son el sagrado depósito de un poder más alto, ante el cual somos responsables. Sin embargo, si hubiera previsto más claramente algunas de las impresiones que me esperaban aquí, no estoy segura, al menos en lo que respecta a mi hija, de que no hubiera preferido devolver de inmediato el depósito. ¿No habría sido menos (antes que más) culpable al presumir de disponer de su destino, que del mío propio? He ahí un punto importante para que el bueno de monsieur Galopin lo aclare: uno de esos puntos que le he oído dilucidar con tanta altura en el púlpito. De todas maneras, estamos a salvo, como le dije; con lo que quiero significar que estamos a salvo físicamente. Hemos reanudado la rutina de nuestra vida en pensión, pero en condiciones completamente distintas. Encontramos refugio en una casa de huéspedes que me fue altamente recomendada y cuyas instalaciones participan de esa magnificencia bárbara que es aquí la única alternativa a la tosquedad primitiva. La tarifa semanal es tan espléndida como todo el resto. La dueña lleva aros de brillantes, y los salones están decorados con estatuas de mármol. Debería sentirme mal, en verdad, al confesarle que me he permitido ser rançonnée; y debería sentirme peor si esto llegara a oídos de algunos de mis buenos amigos en Ginebra, que me conocen menos que usted y podrían juzgarme con mayor severidad. No sirven vino en las comidas, y en vano he pedido a la persona que rige el establecimiento que engalane su mesa con mayor liberalidad. Ella dice que puedo tener todo el vino que quiera si se lo encargo a un comerciante y arreglo la cuestión con él. Pero nunca, como usted sabe, accedí a considerar nuestra modesta ración de eau rougie como un extra; en verdad, recuerdo que en gran medida debo a su excelente consejo mi hábito de ser firme en este punto. No obstante, hay dificultades mayores que la cuestión de qué beberemos en la cena, chère Madame. Pero no he perdido el coraje y no voy a perderlo ahora. En el peor de los casos, podemos regresar y buscar descanso y frescura a orillas de su hermoso lago (¡aquí no hay ningún paisaje, en absoluto!). En tal caso, quizá no habríamos alcanzado lo que deseábamos, pero haríamos, por lo menos, una honrosa retirada. Lo que deseábamos… Sé que es esto, justamente, lo que la intriga a usted, querida amiga: no creo que haya usted comprendido nunca, de verdad, mis motivos para dar este paso formidable, aunque fue usted lo bastante generosa, lo mismo que su magnánimo esposo, para oprimir mi mano, al partir, de una manera que parecía decir que estaban ustedes de mi lado aun si yo me equivocaba. Para ser muy breve: quise poner punto final a los reclamos de mi hija. Muchos estadounidenses le habían asegurado que estaba perdiendo su juventud en esas históricas tierras que tenía el privilegio de conocer tan íntimamente, y esta lamentable convicción se apoderó de ella. «Deja que al menos lo vea por mí misma —solía decirme—. Si aquello me disgusta tanto como lo pronosticas, tanto mejor para ti. En ese caso, volveremos y nos instalaremos de nuevo en Stuttgart». La experiencia es terriblemente onerosa, pero usted sabe que mi devoción nunca ha retrocedido ante un sacrificio. Más aun, hay otro punto que —de una madre a otra— sería una afectación no tocar. Recuerdo la justa satisfacción con que usted me anunció el compromiso matrimonial de su encantadora Cécile. Sabe usted con cuán afanoso cuidado ha sido educada mi Aurora, cuán a fondo está familiarizada con los resultados de la investigación moderna. Siempre hemos estudiado juntas, siempre hemos disfrutado juntas. Tal vez le sorprenda saber que de esas auténticas ventajas ella deduce un reproche contra mí: se las representa como un insulto a su persona. «En este país —dice— los caballeros no tienen esos conocimientos, no les importa nada de la investigación moderna, y en nada ayuda a una muchacha en edad de merecer el ser capaz de comentar la más reciente teoría alemana sobre el pesimismo». Es posible, y nunca le oculté a ella que no la había educado para este país. Si se casa en los Estados Unidos mi intención es, por supuesto, que mi yerno nos acompañe a Europa. Pero cuanto más me llama ella la atención sobre estos hechos, más siento que nos movemos en mundos distintos. Este es, cada vez más, el país de los muchos; los pocos encuentran cada vez menos lugar para ellos y el individuo... bueno, el individuo ha cesado casi de ser reconocido. Es reconocido como votante, pero no como un caballero, y mucho menos como una dama. ¡Mi hija y yo tan sólo pretendemos, por supuesto, ser de los pocos! Usted sabe que nunca, ni por un instante, he abdicado de mi pretensión como individuo, si bien, entre las agitaciones de la vida de pensión, he necesitado a veces de toda mi energía para sostenerla. He tenido ocasión de decir: «Oh, sí, puedo ser pobre, puedo estar desprotegida, puedo ser reservada, puedo ocupar un departamentito en el quatrième y ser incapaz de desparramar propinas inescrupulosas entre la servidumbre, pero por lo menos soy una persona, con derechos personales». En este país, el pueblo tiene derechos, pero la persona no tiene ninguno. Usted lo habría advertido si me hubiese acompañado a hacer el trato con este establecimiento. La muy distinguida señora que condesciende a gestionarlo me tuvo esperando veinte minutos y después vino hacia mí sin una palabra de disculpa. Yo había permanecido sentada, muy silenciosa, con mis ojos fijos en el reloj. Aurora se entretenía admirando falsamente la habitación: una magnífica sala, con cortinados color magenta, paredes al fresco y fotografías de los amigos de la dueña de la pensión. ¡Como si a uno le importara algo de sus amigos! Cuando este encumbrado personaje entró, simplemente comentó que había estado probándose un vestido, y que tomaba tanto tiempo estudiar la caída de una falda. «¡Parece que toma mucho tiempo, en verdad! —contesté —. Espero que la falda caiga bien, finalmente. ¡Podría habernos hecho pasar y verla!». Fue evidente que no entendió, y cuando le pedí que nos mostrara las habitaciones, nos derivó a un negro tan dégingandé como ella. Mientras mirábamos los cuartos, oí que se sentaba al piano, en la sala, y comenzaba a cantar un aria de una ópera cómica. Empecé a temer que nos hubiéramos equivocado en grande: no sabía en qué casa estábamos y tan sólo me tranquilicé al ver una Biblia en cada habitación. Cuando bajamos, nuestra musical anfitriona no expresó esperanza alguna de que las habitaciones nos hubieran gustado, y pareció bastante indiferente a nuestra intención de tomarlas. Más aun, no consintió en rebaja alguna y se mostró inflexible, como le dije, respecto del vino. Cuando insistí en el tema, fue lo bastante delicada como para observar que ella no regenteaba un cabaret. No se tiene la menor consideración; no hay respeto por la intimidad de uno, por nuestras preferencias, por nuestras reservas. La familiaridad no tiene límites y ya me he hecho de una docena de amistades de las que nada sé, ni quiero saber. Aurora me dice que ella es «la belleza de la pensión». Parece que esta es una distinción importante. Me trae de vuelta a mi pobre hija y sus perspectivas. Ella misma las ve con una mirada muy crítica: me dice que le he dado una falsa educación y que nadie se casará hoy con ella. Ningún norteamericano se casará con ella, porque es demasiado extranjera, y ningún extranjero se casará con ella porque es demasiado norteamericana. Le recuerdo que casi no pasa día sin que un extranjero, generalmente distinguido, se case con una estadounidense, y ella me contesta que en esos casos la niña no se casa por sus bellos ojos. No siempre, le replico; y entonces ella declara que no se casará con un extranjero que no sea lo mejor de lo mejor. Dirá usted, sin duda, que ella debería contentarse con ventajas que no han sido consideradas insuficientes para Cécile, pero no repetiré la observación que me hizo cuando, una vez, utilicé este argumento. Se sentirá usted sorprendida, sin duda, al saber que he dejado de discutir, pero es hora de decirle que finalmente he accedido a que ella actúe por su cuenta. Por tres meses vivirá a l'américaine, y yo seré una simple espectadora. Convendrá usted conmigo en que es una cruel situación para un coeur de mère. Cuento los días hasta que acaben nuestros tres meses, y sé que se unirá usted a mis plegarias. Aurora sale a pasear sola. Viaja en tranvía: una voiture de place cuesta cinco francos por el más mínimo trayecto (le ruego no difundir que a veces he tenido la debilidad…). Mi hija es acompañada a menudo por un caballero… por una docena de caballeros; anda por ahí durante horas y su conducta no despierta sorpresa en este establecimiento. ¡Sé demasiado bien las emociones que suscitaría en el tranquilo hogar de usted! Si usted nos traiciona, chère Madame, estamos perdidas; ¿y por qué, después de todo, debería alguien enterarse de estas cosas en Ginebra? Aurora pretende haber logrado persuadirse de que no le importa quién lo sepa, pero en su cara hay una curiosa expresión, reveladora de que su conciencia no está tranquila. La vigilo, la dejo salir pero me quedo con las manos entrelazadas… Hay en este país una costumbre peculiar —no sabría expresarlo en ginebrino—, se llama «estar atentos», y el objeto de la atención son las jóvenes. No tiene nada que ver con planes matrimoniales, si bien es privilegio únicamente de los solteros y aunque, al mismo tiempo (por suerte, y esto acaso la sorprenda), no se relaciona con otros planes. Es, sencillamente, un invento mediante el cual los jóvenes de ambos sexos pasan el tiempo juntos. ¿De dónde sacaré el valor para decirle a usted que Aurora se dedica en la actualidad a ese délassement en compañía de varios caballeros? Aunque no esté relacionado con el matrimonio, por suerte no lo excluye, y se sabe de casamientos hechos a raíz de (o a pesar de) esa costumbre. Verdad es que aún en este país una joven no puede sino tomar un marido por vez, mientras que puede recibir simultáneamente la atención de varios caballeros, también titulados «admiradores». Mi hija, pues, tiene indefinido número de admiradores. Tal vez piense usted que bromeo si le digo que no puedo ser exacta en este punto. ¡Yo, que antes he sido la exactitud en persona! Dos de estos caballeros son, hasta cierto punto, viejos amigos, pues viajaron en el barco que nos trajo tan lejos de ustedes. Uno de ellos, joven todavía, es típico del carácter norteamericano, aunque es una persona respetable y abogado con mucha clientela. Todo el mundo en este país abraza una profesión, pero debe admitirse que las profesiones están mucho mejor remuneradas que chez vous. El señor Cockerel, en este mismo momento en que le estoy escribiendo, se halla en completa posesión de mi hija. Vino a buscarla hace una hora, en un boghey: un raro, inseguro, frágil vehículo, montado sobre enormes ruedas, que alberga a dos personas sentadas muy juntas; desde la ventana la vi tomar asiento junto a él. Después se la llevó velozmente, detrás de dos caballitos con patas muy delgadas: todo el conjunto (y, más que nada, que ella estuviese allí) es del gusto más discutible. Pero volverá, y volverá como se ha ido. Lo mismo ocurre cuando se ve con el señor Louis Leverett, que no tiene coche y tan sólo viene y se sienta con ella en la sala del frente. Él ha vivido mucho en Europa y es muy amante de las artes; y si bien no estoy segura de concordar con él en cuanto a cómo ve la relación del arte con la vida y de la vida con el arte, y en su interpretación de algunas de las obras maestras que Aurora y yo hemos estudiado juntas, me parece un muchacho bastante serio e inteligente. No lo considero intrínsecamente peligroso, pero, por otra parte, no ofrece garantía alguna, en absoluto. No tengo manera de averiguar su situación pecuniaria. Sobre este punto flota una vaguedad en extremo incómoda, y nunca se les ocurre a los jóvenes dar referencias al respecto. En Ginebra no me sentiría perdida: recurriría a usted, chère Madame, con mi pequeña averiguación, y lo que usted no pudiera decirme, no valdría la pena saberlo. Pero nadie en Nueva York sabe darme la mínima información sobre el état de fortune del señor Louis Leverett. Verdad que es nativo de Boston, donde reside la mayoría de sus amigos; no puedo, sin embargo, gastar en un viaje a Boston tan sólo para enterarme, quizá, de que el señor Leverett (el joven Louis) tiene una renta de cinco mil francos. Sin embargo, como le dije, no lo considero peligroso. Cuando Aurora vuelve de pasar una hora con el joven Louis, me cuenta que le ha descrito sus emociones al visitar la casa de Shelley, o conversado sobre algunas de las diferencias entre el temperamento bostoniano y el de los italianos del Renacimiento. No entrará usted en estas comparaciones, y no la culpo. Pero ¿no me traicionará usted, chère Madame?

III

De la señorita Sturdy, en Newport, a la señora Draper, en Florencia

30 de septiembre

Prometí decirte cuánto me gusta, pero la verdad es que he estado yendo de acá para allá tan a menudo, que he cesado de gustar o no gustar. Nada me golpea por inesperado, lo espero todo en su orden. Luego, como sabes, tampoco soy un crítico. No tengo talento para el análisis perspicaz, como dicen las revistas: no profundizo en las razones de las cosas. Es verdad que he estado más tiempo que el habitual del lado opuesto de las aguas, y admito sentirme un poco fuera de entrenamiento para la vida estadounidense. Sin embargo, la estoy incorporando muy rápidamente. No quiero decir que estén imponiéndomela: me rehúso, absolutamente, a que me impongan nada. Digo lo que pienso porque creo tener, en general, la ventaja de saber lo que pienso (cuando pienso algo), que es la mitad de la batalla. A veces, es verdad, no pienso nada en absoluto. Aquí, eso no les gusta: quieren que una tenga impresiones. Que les guste que esas impresiones sean favorables, me parece perfectamente natural; no los acuso por eso, al contrario, me parece una cualidad muy grata. Cuando los individuos la poseen, los llamamos simpáticos: no veo por qué no otorgaríamos a las naciones el mismo beneficio. Pero hay cosas sobre las cuales no tengo el menor deseo de expresar una opinión. El privilegio de la indiferencia es el más preciado que poseemos, y sostengo que reconocemos a las personas inteligentes por el uso que hacen de él. La vida está llena de basura, y aquí tenemos nuestra ración de ella. Cuando despiertas a la mañana, descubres que durante la noche un montón de desechos ha sido depositado en tu jardín al frente. Rechazo, sin embargo, su presencia en mi predio; hay miles de cosas de las que nada quiero saber. He sobrepasado la necesidad de ser hipócrita: no tengo nada que ganar y todo para perder. Cuando una tiene cincuenta años —solterona, robusta y de cara colorada—, ha sobrepasado muchas necesidades. Me dicen aquí que mi aumento de peso es sumamente notorio, y aunque no me dicen que soy rústica, estoy segura de que lo piensan. Hay muy poca rusticidad aquí —no la suficiente, pienso—, pero sí mucha vulgaridad, que es algo muy distinto. En su conjunto, el país está volviéndose mucho más agradable. No es que la gente sea encantadora, porque siempre lo fue (lo mejor de ella, quiero decir, porque no es verdad de los otros), sino que lugares y cosas también han adquirido el arte de agradar. Las casas son muy buenas y se las ve frescas y limpias. Los interiores europeos, en comparación, parecen mohosos y polvorientos. Tenemos muy buen gusto: no me asombraría que terminásemos por inventar algo lindo, tan sólo necesitamos un poco de tiempo. Por el momento, claro está, todo es imitación, excepto, dicho sea de paso, estas plazas. Ahora estoy sentada en una de ellas, escribiéndote con mi portafolios sobre las rodillas. Esta luminosa galería rodea a la casa con tanta libertad como las alas desplegadas de un pájaro, y los aires vagabundos van y vienen del hondo mar que murmura en las rocas, al borde del prado. Newport está más encantador aún que en tu recuerdo; como todo aquí, ha mejorado. Hoy es muy refinado; en verdad, pienso que es, en todo el mundo, el único balneario refinado, porque los detesto a todos. Mejor todavía, la multitud acaba de abandonarlo, aunque muchos parlanchines permanecen en estas grandes casas, lujosas, luminosas, que se alzan con una especie de determinación holandesa sobre la verde alfombra del acantilado. Esta alfombra está muy pulcramente dispuesta y maravillosamente cuidada, y el mar, a un paso, es capaz de azules prodigiosos. Aquí y allá, una hermosa mujer pasea por uno de los jardines que, ya lo sabes, limitan unos con otros sin cercas ni setos: la luz es intensa al jugar sobre su vestido claro, su gran quitasol brilla como una cúpula de seda. La larga silueta de las playas lejanas es suave y pura, aunque sean lugares que una no tiene el menor deseo de visitar. En conjunto, el efecto es muy delicado, y cualquier cosa delicada tiene aquí gran importancia porque la delicadeza es tan rara, pienso, como la grosería. Te hablo del mar y, sin embargo, no te he dicho ni una palabra sobre mi viaje. Fue muy cómodo y divertido, me gustaría hacer otro el mes que viene. Sabes que en el mar me siento casi ofensivamente bien, que enfrento al clima y desafío a la tempestad. Por fortuna, no tuvimos tormenta y me traje una provisión de literatura liviana, de modo que pasé nueve días en cubierta, sentada en mi reposera, con los pies en alto, leyendo las novelas editadas por Tauchnitz. Había mucha gente, pero nadie en particular, salvo unas cincuenta muchachas estadounidenses. Ya sabes todo, sin embargo, sobre las muchachas norteamericanas, habiendo sido una de ellas. Son en conjunto muy agradables, pero cincuenta resultan demasiadas; siempre hay demasiadas. Había un inglés inquisitivo, un miembro del Parlamento, llamado Antrobus, que me divirtió tanto como cualquiera. Es una excelente persona, incluso lo invité a pasar un par de días aquí. Lo vi muy asustado, hasta que le dije que no estaría conmigo a solas, que la casa es de mi hermano y que estaba invitándolo en su nombre. Llegó hace una semana, va a todas partes, hemos sabido de su presencia en una docena de lugares. Los ingleses son muy simples, o al menos así lo parecen aquí. Sus anticuados criterios y comparaciones los abandonan: no saben si todo es una broma, o si es mitad demasiado en serio. Somos más rápidos que ellos, aunque hablamos tanto más lentamente. Pensamos rápido y, no obstante, hablamos con tanta deliberación como si usáramos un idioma extranjero. Ellos enuncian sus frases con un aire de cómoda familiaridad con la lengua y, sin embargo, entienden mal las dos terceras partes de lo que se les dice. Tal vez, después de todo, sean sólo nuestros pensamientos los que ellos creen lentos; los propios, los piensan al ritmo de una tonada bastante vivaz. El señor Antrobus llegó aquí a las ocho en punto de la mañana; no sé cómo lo hizo, parece ser su hora favorita: dondequiera hemos oído hablar de él, llegó con el alba. En Inglaterra, llegaría a las cinco y media de la tarde. Hace innumerables preguntas, pero son fáciles de contestar porque tiene una dulce credulidad. Me hizo sentir bastante avergonzada: es mejor norteamericano que tantos de nosotros, nos toma en serio más que nosotros mismos. Parece pensar que una oligarquía adinerada está creciendo aquí, y me aconsejó que esté en guardia contra ella. No sé exactamente qué podré hacer, pero le prometí estar alerta. Tiene una energía que asusta, la energía de la gente de aquí no es nada comparada con la de este inquisitivo inglés. Si dedicáramos a la construcción de nuestras instituciones la mitad de la energía que él dedica a obtener información sobre ellas, tendríamos un país muy satisfactorio. El señor Antrobus parece tener muy buena opinión de nosotros, lo que me sorprendió: en general, dígase lo que se quiera, no es tan agradable como Inglaterra. Es muy horrible que sea así; y es delicioso, cuando lo piensas, que algunas cosas en Inglaterra sean, al fin de cuentas, tan desagradables. Al mismo tiempo, el señor Antrobus parecía estar muy preocupado por los peligros que nos acechan. No entiendo bien cuáles son: me parecen tan pocos, en esta plaza de Newport, en este día luminoso y apacible. ¡Pero, después de todo, lo que uno ve en una plaza de Newport no es América sino la espalda de Europa! No quiero decir que desde que volví no haya advertido algunos peligros, hay dos o tres que me parecen muy serios, pero no son los que advierte el señor Antrobus. Uno de ellos, por ejemplo, es que dejaremos de hablar el idioma inglés, que yo prefiero antes de cualquier otro. Se lo habla cada vez menos: el norteamericano lo está desplazando. Todos los niños hablan en norteamericano, y como lenguaje infantil es espantosamente tosco. El inglés se usa exclusivamente en las escuelas: todos los diarios y revistas están en norteamericano. Por supuesto, una población de cincuenta millones, que ha inventado una nueva civilización, tiene derecho a un idioma propio; eso es lo que me dicen, y no puedo discutirlo. Pero desearía que lo hubieran hecho tan bello como la lengua madre, de la cual, después de todo, más o menos deriva. Deberíamos haber inventado algo tan noble como nuestro país. Me dicen que es más expresivo y, sin embargo, algunas cosas admirables han sido dichas en el inglés de la Reina. Aquí, por supuesto, no es cuestión de la Reina, y el norteamericano es, sin duda, la música del futuro. ¡Pobre, querido futuro, cuán «expresivo» serás! En las mujeres y en los niños, como yo digo, lo impresiona a una como muy tosco; y, más aun, no lo hablan bien, aunque sea el propio. Recién llegada a casa, mis sobrinitos no habían vuelto a la escuela y me entristeció observar que, aunque son niños encantadores, tenían las inflexiones vocales de los chiquillos que vocean periódicos. Mi sobrina tiene dieciséis años, es de la índole más dulce posible, extremadamente bien educada y viste a la perfección. Charla de la mañana a la noche, ¡pero no es un sonido agradable! Estas personitas se encuentran en el caso opuesto de tantas chicas inglesas, que saben cómo hablar pero no cómo conversar. Mi sobrina sabe cómo conversar, pero no cómo hablar. A propósito de la gente joven, ese es nuestro otro peligro; la gente joven nos está devorando: no hay otra cosa en los Estados Unidos que gente joven. El país está hecho para la generación que está creciendo, la vida está dispuesta para ellos, ellos son la destrucción de la sociedad. La gente habla de ellos, los toma en cuenta, los trata con deferencia, se inclina ante ellos. Están siempre presentes y dondequiera estén presentes, todo lo demás desaparece. Son a menudo muy lindos y físicamente se los cuida de maravilla: son fregados y cepillados, usan ropa higiénica, van semanalmente al dentista. ¡Pero los muchachitos te patean los tobillos y las niñas te ofrecen bofetadas! Hay una vasta literatura enteramente dirigida a ellos, en la que patear los tobillos y abofetear son muy recomendados. Como cincuentona, protesto. Insisto en ser juzgada por mis pares. Es demasiado tarde, sin embargo, porque varios millones de piececitos están activamente empeñados en desalojar la conversación, y no veo cómo podrán evitar el aplastarla en poco tiempo. El futuro es de ellos, la madurez estará cada vez más en baja, evidentemente. Longfellow escribió un poemita encantador, titulado La hora de los niños, pero debió llamarlo El siglo de los niños. Y por niños, claro está, no me refiero sólo a simples infantes, hablo de todos los menores de veinte años. La importancia social del joven estadounidense crece progresivamente hasta esa edad y luego, de pronto, se detiene. Las jovencitas, por supuesto, importan más que los muchachos, pero los muchachos son también muy importantes. Me sorprende la forma en que se los conoce y se habla de ellos: son pequeñas celebridades, tienen reputaciones y pretensiones, se los toma muy en serio. En cuanto a las jovencitas, como acabo de decir, son demasiadas. Dirás, tal vez, que tengo celos de ellas, con mis cincuenta años y mi cara colorada. No lo creo, porque yo no sufro: mi carota no asusta a la gente, y siempre encuentro mucha con quien conversar. Creo que gusto bastante a las jovencitas y, por mi parte, ellas me encantan. Son a menudo muy lindas, no tanto como dicen las revistas, pero sí lo suficiente. Las revistas más bien exageran, y se equivocan. No he visto grandes bellezas, pero el nivel de hermosura es elevado y de vez en cuando ves una mujer cabalmente hermosa. (En general, «una linda mujer» quiere decir, aquí, una persona de rostro bonito, rara vez se menciona la figura, aunque hay varias bastante buenas). El nivel de hermosura es elevado, pero el de la conversación es bajo; señal de que es un país de mujeres jóvenes. Hay muchas cosas de las que las mujeres jóvenes no pueden hablar, pero piensa en todas de las que sí pueden, cuando son tan sagaces como la mayoría de éstas. Quizás una debería contentarse con ese promedio, pero es difícil si durante mucho tiempo se ha vivido con uno tan alto. Este de aquí es decididamente angosto: yo suelo estirarlo hasta que se rompe. Entonces es cuando me tildan de grosera. Lo que indudablemente soy, ¡gracias al Cielo! La conversación de la gente es aquí mucho más châtiée que en Europa, algo que me sorprende dondequiera que voy. Hay algunas cosas que nunca se mencionan, ciertas alusiones que jamás se hacen. No hay historias frívolas, ni propos risqués. No sé con exactitud de qué habla la gente, porque la provisión de escándalos es escasa y de pobre calidad. No obstante, no parecen faltarle temas. Las jovencitas siempre están allí: ellas custodian las puertas de la conversación, poco las traspone que no sea inocente… Encuentro que puedo prescindir muy bien de la malicia y, en mi caso, no extraño mis libertades. Recuerda lo que yo pensaba del tono de tu mesa en Florencia, y cuánto te sorprendiste al preguntarte cómo permitías semejantes cosas. Me dijiste que era como el curso de las estaciones, no se las puede evitar, y también que para cambiar el tono de tu mesa tendrías que cambiar muchas otras cosas. Por supuesto, en tu casa nunca se vio a una jovencita; yo era la única solterona, ¡y nadie me tenía miedo! También, por descontado, si en este país la conversación es más inocente, también lo son, para empezar, las costumbres. La más vigorosa prueba de esto es la libertad de la juventud. Las muchachas andan a su antojo por el mundo y el mundo saca ventaja de ello, sin daño alguno para ces demoiselles. En tu mundo —discúlpame, pero sabes lo que quiero decir— no funcionaría así. Tu mundo es triste y estas jóvenes encontrarían en él toda clase de horrores. Aquí, considerando cómo actúan, permanecen maravillosamente seguras y la razón es que la sociedad las protege, en vez de tenderles trampas. Casi no existe la galantería, como tú la entiendes, y los flirteos son juegos de niños. La gente no tiene tiempo para cortejar: los hombres, en particular, están sumamente ocupados. Me dicen que esa clase de cosas insumen horas enteras; yo misma nunca tuve tiempo para ellas. Si la clase adinerada aumentase aquí de modo considerable, podría haber un cambio, pero lo dudo, porque las mujeres me parecen esencialmente reservadas. Una gran franqueza superficial, pero un extremado temor a las complicaciones. Los hombres me impresionan como muy buenas personas. Creo que en el fondo son mejores que ellas, que son muy sutiles pero bastante duras. No son tan atentas con los hombres como los hombres lo son con ellas; por supuesto, sabes que quiero decir en proporción. Pero las mujeres no son tan agradables como los hombres, «de todos modos», como dicen aquí. Los hombres son, claro está, profesionales, comerciantes; hay muy pocos que sean pura y simplemente caballeros. Este personaje necesita, para ser de gran utilidad, estar muy bien hecho; y supongo que no pretenderás que siempre es así en los países europeos. Cuando no está bien hecho, cuanto menos se lo vea, mejor. Es muy similar, sin embargo, al sistema con que se cría en este país a las jovencitas (ya lo ves, tengo que volver a ellas). Cuando el sistema tiene éxito, son de lo más encantadoras; cuando no lo tiene, el fracaso es desastroso. Si una chica es agradable, el método estadounidense la lleva al máximo, hace florecer todas sus gracias; pero si no es simpática, la vuelve en extremo desagradable: laboriosa y fatalmente, la pervierte. En una palabra, la joven norteamericana rara vez es negativa, y cuando no es un gran éxito, es una gran advertencia. En diecinueve casos sobre veinte, entre la gente que sabe vivir —no diré cuál es su proporción—, los resultados son muy satisfactorios. Las chicas no son tímidas, pero no sé por qué deberían serlo, ya que nada hay que temer aquí. Los modales son muy gentiles, muy humanos; el sistema democrático despoja a las personas de las armas que no todos poseemos en igualdad de condiciones. Nadie es formidable, nadie camina sobre zancos, nadie tiene grandes pretensiones, ni derecho alguno reconocido a ser arrogante. Creo que no hay mucha malicia y, por cierto, mucha menos crueldad que en Europa. Todos pueden sentarse, nadie se queda de pie. Hay menos ocasión de que te hagan sentir inferior, lo que dirás que es una lástima. Creo que lo es, en cierta medida, pero, por otra parte, la disipación es menos fatua en su forma que en Europa y, como la gente tiene, en general, menos venganzas que tomarse, hay menos necesidad de abochornar por anticipado. La buena índole general, la igualdad social, los despoja de triunfos mundanos, por un lado, y de agravios, por otro. Hay extremadamente poca impertinencia, casi ninguna. Dirás que estoy describiendo una sociedad espantosa, sin grandes figuras, ni grandes recompensas. Has acertado, querida: no hay grandes figuras. (En Europa el gran premio es, por supuesto, la oportunidad de ser una gran figura). Extrañarías mucho esas cosas: tú, que te deleitas en contemplar la grandeza. Y mi consejo es, claro está, que no vuelvas nunca. Extrañarías mucho más a la gente pequeña que a los grandes: todos son de talla mediana y nunca puedes tener aquí ese momentáneo sentimiento de grandiosidad, que tan grato es en Europa. No hay tipos brillantes: la gente más importante parece carecer de empaque. Son muy burgueses, hacen pequeñas bromas, a veces hacen juegos de palabras; carecen de forma, tienen demasiada buena índole. Los hombres no tienen estilo, las mujeres —que son inquietas y hablan demasiado— lo tienen tan sólo en sus peinados; y allí, en superabundancia. Pero me consuelo con la mayor bonhomie. ¿Alguna vez has llegado a una casa de campo inglesa en el atardecer de un día de invierno? ¿Has hecho una visita en Londres, conociendo sólo a la dueña de casa? Aquí la gente es más expresiva, más demostrativa, y es un placer cuando uno vuelve (si ocurre, como en mi caso, que no se es nadie en particular), sentir cómo sube tu cotización social. Te atienden mejor, te recuerdan, te hablan, te escuchan. Esto es, los hombres proceden así: las mujeres escuchan muy poco, no lo suficiente. Te interrumpen, hablan demasiado, su presencia se siente como un rumor excesivo. Me imagino que esto es, en parte, porque su ingenio es vivo y piensan en muchas cosas para decir. No es que siempre sean tan maravillosas. La perfecta serenidad no es, al fin de cuentas, toda autocontrol; también es, en parte, estupidez. Las estadounidenses, no obstante, hacen demasiadas exclamaciones vagas, dicen muchas cosas indefinidas. En resumen, tienen mucho de naturaleza. En el conjunto, advierto muy poca afectación, aunque probablemente tengamos más a medida que progresemos. Por ahora, la gente carece de la seguridad que elimina esas cosas: saben demasiado de cada uno. El problema es que aquí hemos sido criados todos juntos. Pensarás que este es el retrato de una sociedad espantosamente insípida, pero me apresuro a añadir que no es tan apacible como todo eso. He estado hablando de la gente a la que frecuentas socialmente, y esta es la parte más pequeña de la sociedad estadounidense. Los otros, los que uno conoce a partir de la mera conveniencia, son mucho más atractivos, mantienen tu temple en saludable ejercitación. Me refiero a la gente en las tiendas y en los trenes, la servidumbre, los changadores, los obreros, todo aquel a quien le compras algo, o tienes ocasión de hacerle una pregunta. Con estos, necesitas tus mejores modales, pues siempre debes tener bastante como para dos. Si piensas que somos demasiado democráticos, prueba un poco de la vida norteamericana en esos sectores y verás confirmado tu pensamiento. Este es el reino de la desigualdad, y encuentras a mucha gente a quien hacerle una reverencia. Lo ves desde abajo: el peso de la desigualdad está sobre tu propia espalda. Me pides que te hable de los precios: son, sencillamente, terroríficos.

IV

Del honorable Edward Antrobus, MP, a la honorable señora Antrobus

17 de octubre

Mi querida Susan: Te envié una tarjeta postal el 13, y ayer un periódico local: la verdad es que no he tenido tiempo para escribirte. Te envié el periódico, en parte porque contiene un informe —sumamente incorrecto— sobre algunas observaciones que hice en la reunión de la Asociación de Maestros de Nueva Inglaterra, y en parte porque es tan curioso que pensé que les interesaría, a ti y a los niños. Recorté algunas partes que creí inconveniente que los niños vieran; lo que queda, contiene los tramos más importantes. Por favor, señala a los niños la peculiar ortografía, que probablemente ya habrá sido adoptada en Inglaterra para cuando ellos estén crecidos, las divertidas rarezas de las expresiones, etcétera. Algunas de ellas son intencionales: habrás oído hablar del festejado humor norteamericano, etcétera (recuérdame, de paso, a mi regreso a Thistleton, que te dé algunos ejemplos de él); otras son inconscientes y, quizá por eso mismo, las más divertidas. Señálales a los niños las diferencias (en la medida en que tú misma estés segura de percibirlas). Debes disculparme si estas líneas no son muy legibles: las escribo a la luz de una lámpara del tren, que cascabelea sobre mi oreja izquierda; sólo en raros momentos encuentro tiempo para indagar en todo lo que me gustaría. Dirás que este es, en verdad, un momento muy raro, cuando te cuente que estoy en la cama, en un vagón dormitorio. Yo ocupo la litera superior (te explicaré los detalles cuando vuelva a casa), en tanto la de abajo es el lecho —¡los sacudones son espantosos!— de una dama desconocida. Te sentirás muy ansiosa por esta explicación, pero te aseguro que es la costumbre del país. Me aseguran que una dama puede viajar de esta manera por toda la Unión (la Unión de los Estados) sin perder su reputación. Si ella ocupase la litera superior, presumo que sería distinto, pero debo hacer averiguaciones sobre este punto. Ya sea por el hecho de que una misteriosa criatura del sexo opuesto reposa tras el mismo cortinado, o por el sacudirse del tren que vuela por el aire con el mismo movimiento del hilo de una cometa, la situación es de algún modo tan anómala que no logro dormir. Una rejilla de ventilación se abre justo sobre mi cabeza y un vivaz chiflón, mezclado con una llovizna de hollín, atraviesa este ingenioso orificio (te describiré su forma a mi regreso). Si hubiese ocupado la litera inferior, habría tenido toda una ventanilla para mí; y alzando la persiana (un trámite seguro en la alta noche) habría podido, a la luz de una luna extraordinariamente brillante, ver un poco mejor lo que escribo. Se me ocurre, sin embargo, la pregunta: en ese caso, la dama que duerme debajo de mí, ¿habría ascendido a la litera superior? (Ya conoces mi vieja propensión a las investigaciones contingentes). Por lo que he visto, me inclino a pensar que, sencillamente, ella me habría pedido que le cediera mi propia cucheta (en este país, las damas exigen todo lo que quieren). De ser así, supongo, yo hubiese tenido una vasta visión del país, el cual, según lo que vi antes de acostarme (mientras se acostaba la susodicha señora), ofrecía una extensión desigual, salpicada por pequeñas casas de madera que, a la luz de la luna, parecían cajas de cartón. No he podido saber, con la precisión que desearía, quiénes ocupan esas modestas residencias, porque son demasiado pequeñas para ser el hogar de terratenientes como los nuestros: aquí no hay campesinado y en Nueva Inglaterra (porque todo el cereal viene del Lejano Oeste) no hay granjeros, ni labriegos. La información que uno recibe en este país tiende a ser bastante contradictoria, pero estoy decidido a indagar a fondo este misterio. Ya he anotado una multitud de hechos concernientes a los puntos que más me interesan: cómo operan los consejos escolares, la co-educación de los sexos, la elevación del nivel de las clases inferiores, la participación de estas últimas en la vida política. La vida política, en verdad, está casi totalmente limitada a la clase media baja y al segmento superior de la clase inferior. En algunas de las grandes ciudades, en verdad, el orden más bajo participa considerablemente (una frase muy interesante, a la que dedicaré mayor atención). Es muy gratificante ver cómo el interés por los asuntos públicos infiltra a tantos estratos sociales, pero la indiferencia de la clase alta es un hecho que no debe tomarse a la ligera. Podría objetarse, por cierto, que no hay aristocracia y que todavía no he encontrado un personaje del tipo de lord Bottomley; un tipo que —me siento en libertad de decirlo— lamentaría ver desaparecer de nuestro sistema inglés, si se lo puede llamar sistema, donde tantas cosas obedecen al crecimiento de fuerzas ciegas e incoherentes. No obstante, es evidente que una clase ociosa y lujosa existe en este país, y que está menos exenta que la nuestra del reproche de preferir una comodidad sin gloria al avance de ideas liberales. Esa clase aumenta aquí rápidamente, y no estoy seguro de que el crecimiento indefinido del espíritu diletante, unido a una gran fortuna pródigamente derrochada, sea un bien sin reparos, aun en una sociedad donde la libertad de desarrollo ha obtenido muchos triunfos interesantes. El hecho de que ese grupo no esté representado en la clase gobernante, es quizá tanto el resultado de los celos con que es visto por los trabajadores más empeñosos, cuanto de su propia (no me atrevo, tal vez, a aplicar un término más contundente) liviandad. Esta es, al menos, la impresión que he recogido en los estados del medio y en Nueva Inglaterra: en el Sudoeste, el Noroeste y el Lejano Oeste, esa impresión sería, sin duda, susceptible de corrección. Estas divisiones serán probablemente nuevas para ti, pero son la denominación general de vastas y florecientes comunidades, con las que espero entablar un vínculo aunque sea superficial. La fatiga de atravesar, como lo hago habitualmente, tres o cuatro mil millas de un salto es, por supuesto, considerable, pero comúnmente hay mucho que averiguar en el camino. Los conductores de trenes, con los que converso libremente, a menudo tienen mentes vigorosas y originales, y hasta de alguna trascendencia social. Uno de ellos, pocos días atrás, me dio una carta presentándome a su cuñado, que preside una universidad en el Oeste. ¡No temas, en consecuencia, que no me halle en contacto con la mejor sociedad! Las facilidades para viajar son, en general, sumamente ingeniosas, como probablemente lo hayas deducido de lo que te conté más arriba; pero, a la vez, debe concederse que algunas de ellas son más ingeniosas que felices. Algunos de los servicios concernientes al equipaje, el envío de encomiendas, etcétera, sin duda son muy útiles cuando te los explican, pero no he logrado aún dominar sus complejidades. Por otra parte, no hay coches de punto, ni changadores, y calculo que he cargado yo mismo mi impedimenta —que, como sabes, es numerosa, y de la que no tolero separarme— unas setenta u ochenta millas. A veces pienso que fue un error no haber traído a Plummeridge; podría haber sido útil en semejantes situaciones. Por otra parte, se hubiera presentado la ardua cuestión: ¿quién llevaría la maleta de Plummeridge? Él habría sido útil, sin duda, para acomodar y cepillar mi ropa, y alcanzarme la bañera; viajo con una gran bañera de latón —no se las encuentra en las posadas— y el transporte de este receptáculo presenta, a menudo, las más insolubles dificultades. También a menudo es causa de considerables trastornos al llegar a las casas particulares, donde la servidumbre tiene modales menos reservados que en Inglaterra; y, para decirte la verdad, en este momento no estoy seguro de que la bañera viaje conmigo en el tren. «A bordo» del tren es aquí la frase consagrada, alusiva al zarandeo y traqueteo de la cadena de vagones, tan similares a los de un barco en la tormenta. Como estaba a punto de preguntar, sin embargo: ¿quién le llevaría a Plummeridge su bañera, y se ocuparía de sus pequeñas comodidades? No podríamos hacer muy bien nuestra presentación, al llegar a casa de quienes nos albergaran, con dos de los artefactos mencionados; aunque en lo referido a uno solo de ellos, me asiste el valor, diría, de la costumbre de toda una vida. Difícilmente se esperaría que los dos compartiésemos la misma bañera, aunque hubo ocasiones en mis viajes (no veo el modo de ocultarlo) en que Plummeridge hubiese tenido que sentarse a la mesa, a cenar conmigo. Esta contingencia lo hubiera perturbado muchísimo y, en conclusión, fue sin duda más sensato dejarlo en la puerta del restaurante Mersey, tocándose respetuosamente el ala del sombrero. Nadie se toca aquí el ala del sombrero, y aunque este sea, indudablemente, el signo de un orden social más avanzado, confieso que cuando vea de nuevo al pobre Plummeridge, ese pequeño gesto familiar —familiar, quiero decir, tan sólo en cuanto a lo repetido— me dará una considerable satisfacción. Por lo que te cuento, verás que la democracia no es una simple palabra en este país, y podría darte muchas más pruebas de su universal reinado. Esto es, sin embargo, lo que vinimos a ver y —en la medida de la ocasión adecuada— admirar; aunque en modo alguno esté seguro de tener esperanzas de establecer, en un lapso apreciable, un cambio correspondiente en la trama, algo rígida, de los modales ingleses. Ni siquiera estoy preparado para afirmar que semejante cambio sea deseable; sabes que este es uno de los puntos en que no me veo yendo tan lejos como lord B. Siempre he sostenido que hay un cierto ideal social de desigualdad, tanto como de igualdad; y si, en general, encuentro a las personas de este país bastante iguales, no estoy seguro de hallarme preparado para ir tan lejos como para decir que, en conjunto, son todos iguales… ¡Disculpa este espantoso borrón! ¡El movimiento del tren y la precaria índole de la luz —cercana a mi nariz y muy ofensiva— hubieran acabado (me alabo a mí mismo), hace rato, con la paciencia de un decidido diarista! Para lo que no estaba preparado era el considerable sentimiento aristocrático que repta bajo esta sencillez republicana. En varias ocasiones he sido el confidente de esas románticas pero engañosas vaguedades cuyo baluarte parece ser la Ciudad Imperial, nombre dialectal de Nueva York. En muchos sitios se me ha asegurado que, al menos en esa ciudad, están maduros para una monarquía; y si uno de los hijos de la Reina Victoria viniera aquí y lo conversara, se encontraría con el más alto estímulo. Esta información me fue comunicada en forma estrictamente confidencial, detrás de puertas cerradas; mucho me recordó los sueños de los antiguos partidarios de Jacobo II, cuando le enviaban mensajes al rey a través del mar. Dudo, sin embargo, de que estos menos disculpables visionarios sean capaces de procurarse los servicios de un Pretendiente, pues temo que en tal caso éste se encontraría con una mucho más fatal batalla de Culloden. Como te dije, he dedicado mucho tiempo al sistema educativo y he visitado no menos de ciento cuarenta y tres escuelas y universidades. Es extraordinaria la cantidad de personas que se educan en este país y, sin embargo, al mismo tiempo, el talante de la población es menos educado de lo que uno esperaría. Pocos días atrás, una dama me describió a su hija como «siempre en movimiento», lo que entendí como una manera jocosa de decirme que a la joven le gustaba mucho hacer visitas. Otra señora, la esposa de un senador, me informó que si yo iba a Washington en enero, me la pasaría «mucho en la corriente». Le pregunté por el significado de la expresión, pero su explicación la volvió bastante ambigua. Decir que «estoy en movimiento» describe muy adecuadamente mi propia situación. Ayer fui a la Escuela Secundaria de Pognanuc para oír a cincuenta y siete muchachos y jovencitas recitar al unísono una muy notable Oda a la Bandera estadounidense, y poco después asistí a un almuerzo de damas donde estaban presentes unas ochenta o noventa representantes de su sexo. Había un solo individuo con pantalones (los que, dicho sea de paso, aunque traje una docena, están poniéndose bastante ajados). En los Estados Unidos los hombres no participan de estos almuerzos en los que las señoras, reunidas en gran número, conversan sobre temas religiosos, políticos y sociales. Estos inmensos simposios femeninos (provistos de todas las exquisiteces) son uno de los rasgos sorprendentes de la vida estadounidense y parecerían probar que los hombres no son tan indispensables en el esquema de la creación como ellos suponen a veces. Fui admitido por ser inglés, «tan sólo para mostrarle a algunas de nuestras brillantes mujeres» (brillante significa aquí intelectual). Percibí, en verdad, muchas frentes intelectuales. Estos curiosos condumios se organizan a partir de la edad. Fui también presentado como un extranjero inquisitivo en varios almuerzos de muchachas, de los que son rigurosamente excluidas las casadas, pero donde las bellas asistentes son igualmente numerosas y brillantes. Hay mucho que desearía contarte sobre mi estudio del tema educativo, pero estoy un poco acalambrado y debo ser breve. Mi mayor impresión es que los niños están, en este país, mejor educados que los adultos. La niñez ocupa, en conjunto, un lugar muy destacado. Hay una balada popular cuyo estribillo, si no me equivoco, es «¡Hazme de nuevo niño por esta noche!», y que parece expresar nostalgia de los privilegios perdidos. En todos los aspectos, son una clase poderosa e independiente y cuentan con órganos de prensa de vasta circulación. A menudo son extremadamente «brillantes». He conversado con muchos maestros, en su mayoría del sexo femenino: lady teachers, como las llaman en este país. La frase no significa «maestros de damas», como podrías suponer, sino que se aplica al sexo de las docentes, quienes a menudo tienen bajo su control a gran cantidad de muchachos. Más tarde fui presentado a una joven de veintitrés años que ocupa la cátedra de Filosofía Moral y Belles-Lettres en una universidad del Oeste, quien me dijo, con la mayor franqueza, que era adorada por sus alumnos. Esta muchacha era la hija de un pequeño comerciante en uno de los estados del Sudoeste y había estudiado en el Amanda College, en Missourah, una institución en la que ambos sexos se educan juntos. Es muy modesta y bonita, y expresó gran deseo de ver algo de la vida en el campo inglés, a raíz de lo cual le hice prometer que, en caso de cruzar el Atlántico, vendría a Thistleton. No tiene nada que ver con Gwendolen o Charlotte, y no estoy en condiciones de decir cómo se llevarían con ella; con los muchachos, probablemente, la pasaría mejor. No obstante, pienso que conocerla resultará valioso para la señorita Bumpus, y que ambas pasarían un tiempo muy grato en la salita de estudios. Te garantizo que las aulas que he visto aquí son mucho menos confortables que la de Thistleton. De paso: ¿ha diseñado Charlotte nuevos textos para inscribir en las paredes? Me interesó mucho mi visita a Filadelfia, donde vi varios centenares de casitas rojas con escalones blancos, ocupadas por artesanos inteligentes y dispuestas (en las calles) según el sistema rectangular. Hornos mejorados para cocinar, pianos de palo de rosa, gas y agua caliente, mobiliario estético y colecciones completas de los ensayistas ingleses. Un tranvía atraviesa cada calle, cada manzana del mismo tamaño, manzanas y casas científicamente identificadas y numeradas. No hay ninguna pérdida de tiempo, en absoluto, y ninguna necesidad de buscar —ni de mirar— nada. La mente está siempre fija en su objetivo: es muy encantador.

<h1 style="text-align:center">V</h1>

De Louis Leverett, en Boston, a Harvard Tremont, en París

Noviembre

La balanza se ha movido, simpático Harvard, y el platillo que te alzó me dejó caer otra vez en este lugar terrible. Lamento mucho haberme desencontrado contigo en Londres, pero he recibido tu mensaje y tomado debida nota de tu exhortación a hacerte saber cómo me va. No me va nada, mi querido Harvard: me consume el amor de la orilla más lejana. Estuve lejos tanto tiempo, que he caído fuera de lugar en este pequeño mundo de Boston, y las vacuas mareas de la vida en Nueva Inglaterra se han cerrado sobre él. Aquí soy un extranjero y me cuesta creer que una vez fui un nativo. Es muy duro, muy frío, muy vacío. Te pienso en tu cálida, rica París; pienso en el Boulevard Saint-Michel en las tibias noches de primavera. Veo el rinconcito junto a la vidriera (del Café de la Jeunesse) donde solía sentarme; las puertas están abiertas y por ellas entra el suave, hondo aliento de la gran ciudad. Es brillante, pero en ese brillo hay, sin embargo, una especie de tono, de cuerpo; entra el poderoso murmullo de la civilización más madura del mundo; el viejo, querido pueblo de París, el pueblo más interesante del mundo, pasa a tu lado. Tengo un librito en mi bolsillo; está exquisitamente impreso, un Elzevir moderno. Es un grito lírico desde el corazón de la joven Francia y está lleno del sentimiento de la forma. No hay forma aquí, querido Harvard: no tenía idea de cuán poca forma había. No sé qué haré: me siento tan desvestido, tan descortinado, tan destapizado; me siento como si estuviese sentado en el centro de un poderoso «reflector». Un fulgor terriblemente crudo cae sobre todo, la tierra se ve pelada y despellejada, los ásperos cielos parecen sangrar con esa dura luz. No he recuperado mis habitaciones en West Cedar Street, están ocupadas por un curandero hipnotizador. Vivo en un hotel, y es espantoso. Nada para mí; nada que tome en cuenta tus preferencias y costumbres. Nadie te recibe cuando llegas; vas a empujones a través de la multitud, tropiezas con un mostrador, escribes tu nombre en un libro repulsivo, donde cualquiera puede verlo y señalarlo. El hombre detrás del mostrador te contempla en silencio, su mirada parece decirte: «¿Qué demonios quiere usted?». Pero después de esa mirada, nunca vuelve a mirarte. Te arroja una llave, oprime un timbre, aparece un salvaje irlandés. «Lléveselo», parece decirle al irlandés, pero todo se hace en silencio; no hay respuesta a tu propia pregunta: «¿Qué va a ser de mí, por favor?». «Espera y verás», parece decir el tremendo silencio. Alrededor hay una gran muchedumbre, pero también una gran quietud; de vez en cuando oyes que alguien tose. Hay mil personas en esta enorme y siniestra estructura; comen todos juntos en un gran salón de paredes blancas. Lo alumbra un centenar de picos de gas y lo calientan pantallas de hierro fundido, que vomitan torrentes de aire ardiente. La temperatura es terrible, y la atmósfera más aún: la luz y el calor, furiosos, parecen aumentar el espanto de lo demasiado definido. La gente es desagradable y sin alegría, parece no tener pasiones, gustos, sentidos. Se sientan y comen en silencio, bajo la dura, seca luz; ocasionalmente oigo la voz alta, firme, de un niño. Los sirvientes son negros y confianzudos, sus rostros brillan mientras arrastran los pies, hay tonalidades azules en sus oscuras máscaras. Carecen de modales: te abordan pero no te contestan, se paran junto a tus codos (que rozan sus ropas mientras comes) y te miran como si tu conducta fuese extravagante. Te inundan con agua helada, es lo único que te traerán; si buscas en torno para llamarlos, se han ido a buscar más agua. Si lees el diario —¡lo que no hago, gracias al Cielo!, porque no puedo— se asoman sobre tu hombro para mirarlo de reojo. Siempre los pliego y se los doy; los diarios de aquí están hechos, verdaderamente, para el gusto africano. Hay largos corredores surcados por rachas de aire caliente; por el medio de ellos se desliza una niñita pálida, en patines. «¡Fuera de mi camino!», aúlla al pasar. Tiene moños en su cabello y volados en su vestido; está haciendo el tour del inmenso hotel. Pienso en Puck, que ceñía la Tierra en cuarenta minutos, y me pregunto qué diría mientras volaba, raudo. Un camarero negro me sobrepasa en la marcha, lleva una bandeja que me incrusta en la espina dorsal. Está cargada con grandes jarras blancas que tintinean a su paso, y reconozco el consabido líquido. Morimos de agua helada, de aire caliente, de gas. Me siento en mi habitación, pensando en estas cosas: mi habitación, que es una cámara de tortura. Las paredes son blancas y están desnudas, brillan bajo los rayos de una horrible araña imitación bronce, pendiente del centro del cielorraso. Arroja una porción de sombra sobre una mesita con tapa de mármol banco, cuya superficie soporta en este momento la hoja de papel en que te escribo, y cuando me voy a la cama (me gusta, Harvard, leer en la cama) se convierte en un objeto de burla y tormento. La araña cuelga a alturas inaccesibles, me mira a la cara, lanza la luz sobre las tapas de mi libro, pero no sobre la página: el pequeño Elzevir francés, que tanto amo. Me levanto y apago el gas, y entonces mi cuarto se ilumina más que antes. Una cruda luz, procedente del vestíbulo de la habitación vecina, se derrama a través de las banderolas que coronan ambas puertas de mi habitación. La luz cubre mi cama, donde me revuelco y gruño, golpea atravesando mis párpados; la acompañan los más groseros, aunque los más humanos, sonidos. Salto para pedir alguna ayuda, algún remedio, pero no hay timbre y me siento desolado y débil. Tan sólo hay un extraño orificio en la pared, por el cual el viajero en desgracia podría transmitir su llamado. Lo lleno de sonidos incoherentes, y sonidos aún más incoherentes me llegan en respuesta. Por fin entiendo su significado: parecen ser una severa indagación. Una voz hueca, impersonal, desea saber lo que quiero y la pregunta misma me paraliza. Quiero todo y, sin embargo, no quiero nada: ¡nada que esa áspera impersonalidad pudiera darme! Quiero mi rinconcito de París; quiero el rico, hondo, oscuro Viejo Mundo; quiero estar fuera de este lugar horrible. Pero no puedo confiar todo eso a este tubo mecánico: sería inútil, una risa burlona vendría de la recepción. ¡Imagínate, llamando en estos sagrados, íntimos momentos, a una «recepción», imagínate pidiendo al espacio indiferente una vela, una cortina! Pago incalculables sumas en esta horrible casa y, sin embargo, no tengo un sirviente que se ocupe de mí. Me desplomo de vuelta en mi cama y durante largo tiempo después el orificio en la pared emite extraños murmullos y sonidos. Parece insatisfecho, indignado, evidentemente me regaña por mi vaguedad. ¡Mi vaguedad, realmente, querido Harvard! Odio su espantosa organización: ¿no es esto bastante definido? Me pides que te cuente a quién veo y lo que pienso de mis amigos. No tengo muchos, no me siento, en absoluto, en comunicación. La gente es muy buena, muy seria, muy devota de su trabajo, pero hay una terrible ausencia de variedad en los tipos. Cada uno es el señor Jones, el señor Brown, y luce como el señor Jones o el señor Brown. ¡Son estrechos, están diluidos en el gran baño tibio de la Democracia! Carecen por completo de identidad, les falta bastante modelado. No, no son hermosos, mi pobre Harvard; debe decirse en un susurro que no son hermosos. Puedes decir que son tan hermosos como los franceses o los alemanes, pero no coincido contigo. Los franceses, los alemanes, tienen la mayor de todas las bellezas: la belleza de su fealdad, de lo raro, de lo grotesco. Esta gente no es ni siquiera fea: tan sólo son sin gracia. Muchas de las chicas son bonitas, pero ser únicamente bonita es (a mi criterio) carecer de gracia. No obstante, he tenido una que otra charla. Vi a una mujer. Estaba en el barco y la vi después en Nueva York: un tipo peculiar, una verdadera personalidad, mucho color y, sin embargo, mucho misterio. No era de este país, era una mezcla de cosas lejanas. Pero estaba aquí, como yo, en busca de algo. Nos encontramos y, por el momento, eso fue suficiente. Ahora la he perdido, y lo lamento, porque le gustaba escucharme. Se ha ido, no la volveré a ver. ¡Le gustaba escucharme, casi llegaba a comprender!

VI

De monsieur Gustave Lejaune, de la Academia Francesa, a monsieur Adolphe Bouche, en París

Washington, 5 de octubre

Te entrego mis pequeñas notas, tendrás que disculpar el apuro, los malos albergues, la perpetua confusión, el mal humor. Por doquier, la misma impresión: la trivialidad de la democracia sin equilibrio, intensificada por la trivialidad del espíritu comercial. Todo en una escala inmensa: todo ilustrado por millones de ejemplos. Mi cuñado está siempre ocupado: tiene citas, inspecciones, entrevistas, disputas. La gente es, al parecer, increíblemente aguda en la conversación, en la argumentación; te esperan en silencio, en un rincón del camino, y de repente descargan su revólver. Si caes, te vacían los bolsillos: la única alternativa es dispararles primero. Todo eso sin preliminares, sin atenciones, sin modales, sin cuidado de las apariencias. Vagabundeo mientras mi cuñado está ocupado, discurro a lo largo de las calles, me detengo en las esquinas, je regarde passer les femmes. Es un país fácil de ver, uno ve todo lo que hay; la civilización está a flor de piel, no tienes que excavar. Esta burguesía positiva, práctica, pujante, está siempre ocupada en sus negocios: vive en la calle, en el hotel, en el tren; uno está siempre dentro de una multitud, en el tranvía viajan setenta y cinco personas. Se sientan en tu regazo, se paran sobre los dedos de tus pies; cuando quieren pasar, sencillamente te empujan. Todo en silencio, saben que el silencio es oro y ellos adoran el oro. Cuando el conductor te pide el importe, te da muy serio un empujón, sin una palabra. En cuanto a los tipos, son todos variaciones de lo mismo —pero hay sólo uno—: el viajante de comercio, pero sin alegría. Las mujeres son a menudo hermosas, te encuentras con las jóvenes en las calles, en los trenes, en busca de un marido. Te miran francamente, fríamente, juzgándote para ver si sirves, pero no desean lo que tú imaginas (du moins on me l'assure), tan sólo quieren el marido. Un francés podría equivocarse: necesita asegurarse de estar en lo correcto, y yo siempre me aseguro.

Empiezan a los quince: la madre las deja sueltas. Dura el día entero (con un intervalo para comer en una pastelería); a veces sigue durante diez años. Si para entonces no han encontrado marido, abandonan la cacería, dejan el lugar a las novicias, porque la cantidad de mujeres es inmensa. No hay salones, ni sociabilidad, ni conversación: la gente no recibe en casa, las jóvenes deben buscar marido donde pueden. No es una desgracia que no lo encuentren: muchas nunca lo han hecho. Siguen andando por ahí, solteras, por la fuerza de la costumbre, por el amor al movimiento, sin esperanzas, sin rencor: no hay imaginación, ni sensibilidad, ni deseo por el convento. Hemos hecho varios viajes, pocos a menos de trescientas millas. Trenes enormes, enormes vagones, con camas y lavatorios y negros que te cepillan con un gran escobillón, como si cepillaran a un caballo. Un movimiento a saltos, un ruido ensordecedor, una muchedumbre que se ve horriblemente cansada, un chico que pasa y repasa, arrojando panfletos y golosinas en tu regazo: tal es un viaje en los Estados Unidos. Hay ventanillas en los vagones: inmensas, como todo lo demás, pero no hay nada para ver. El país es un vacío: ni rasgos típicos, ni objetos, ni detalles, nada que te muestre que estás en un lugar y no en otro. Aussi, no estás en un lugar, estás en todos lados, en cualquier parte: el tren va a cien millas por hora. Las ciudades son todas iguales: casitas de diez pies de alto, o bien otras grandes, de doscientos pies. Tranvías, postes de telégrafo, enormes letreros, agujeros en el pavimento, océanos de lodo, viajantes de comercio, jovencitas en busca de marido. Por otro lado, ni mendigos ni cocottes; no que sean visibles, al menos. Una mediocridad colosal, excepto (me dice mi cuñado) en el rubro máquinas, que son magníficas. Naturalmente, nada de arquitectura (hacen casas de madera y de hierro), de arte, de literatura, de teatro. Abrí algunos de sus libros, mais ils ne se laissent pas lire. ¡No hay forma, ni sustancia, ni estilo, ni ideas generales! Parecen escritos para niños, o para jovencitas. Los de mayor éxito son los cómicos, de baja estofa, estos venden en centenares de ediciones. He hojeado algunos de los más vantés, pero para saber que son divertidos debes estar prevenido: des plaisanteries de croquemort. Tienen un novelista con pretensiones literarias, que escribe sobre la cacería del marido y las aventuras de los norteamericanos ricos en nuestra vieja y corrompida Europa, donde su candor primitivo avergüenza a los europeos. C'est proprement écrit, pero es terriblemente desteñido. Lo que no carece de color son los periódicos: enormes, como todo lo demás (cincuenta columnas de avisos), y llenos de los chismes de un continente. ¡Y qué tono, grand Dieu! Los entretenimientos, las personalidades, las recriminaciones, son como otros tantos disparos de revólver. Encabezamientos de quince centímetros de alto, corresponsalías desde lugares ignotos, telegramas de Europa sobre Sarah Bernhardt; parrafitos sobre nada en absoluto: el menú de la cena del vecino, artículos sobre la situación europea, à pouffer de rire; todos los chismes de la política local. Los reportajes son increíbles: los entrevistadores me persiguen a diestro y siniestro. Las desdichas conyugales del señor y la señora Equis (dan los nombres), tout au long, con todos los detalles: no en seis líneas, discretamente velado, artísticamente insinuado, como entre nosotros, sino con todos los hechos (o las ficciones), las cartas, las fechas, los lugares, los horarios. Abro al azar un diario y me encuentro, au beau milieu, a propósito de nada: «Miss Susan Green tiene la nariz más larga del Oeste de Nueva York». La señorita Susan Green (je me renseigne) es una celebrada autora y los estadounidenses tienen la reputación de malcriar a sus mujeres. Las malcrían à coups de poing. He visto el interior de pocas casas (nadie habla francés), pero si los diarios dan una idea de las moeurs domésticas, las moeurs deben de ser curiosas. El pasaporte fue abolido, pero han impreso mis señas particulares en estas hojas, quizá para las jovencitas en busca de marido. Una noche fuimos al teatro, la obra era francesa (no hay otras), pero la actuación era norteamericana, demasiado norteamericana: nos fuimos en la mitad. La falta de gusto es increíble. Un inglés con quien me encontré me dijo que el idioma mismo se corrompe días tras día: un inglés deja de entenderlo. Me da ánimo descubrir que no soy el único. Cada día suceden cosas indescriptibles. Así es Washington, adonde llegamos esta mañana, viniendo de Filadelfia. Mi cuñado quería ver la Oficina de Patentes y cuando llegamos fue a ocuparse de sus máquinas, mientras yo recorría las calles y visitaba el Capitolio. La máquina humana es la que más me interesa. Ni siquiera me atrae la política, porque así es como llaman aquí al gobierno: «la máquina». Opera muy groseramente y un día, evidentemente, explotará. Es verdad que nunca sospecharías que tienen un gobierno; esta es su sede principal pero, salvo por tres o cuatro edificios, affreux en su mayoría, parece un asentamiento de negros. No hay movimiento, ni funcionarios, ni autoridad, ni encarnación del Estado. Enormes calles, comme toujours, bordeadas de pequeñas casas rojas, donde no pasa otra cosa que el tranvía. El Capitolio: una vasta estructura, falso clásico, mármol blanco, hierro y estuco, que tiene assez grand air, debe ser visto para ser apreciado. La diosa de la libertad en la cumbre, vestida con una piel de oso; la libertad es aquí la de los osos. Entras en el Capitolio como si entrases en una estación de ferrocarril, te paseas como si estuvieras en el Palais Royal. No hay funcionarios, ni porteros, ni uniformes, ni insignias, ni restricciones, ni autoridad: nada sino una multitud de gente desaliñada circulando por un laberinto de salivaderas. Tal vez en Francia estemos demasiado gobernados, pero por lo menos tenemos una cierta encarnación de la conciencia nacional, de la dignidad nacional. La dignidad está ausente aquí, y me dicen que la conciencia es un abismo. Hasta prefiero «l'État c'est moi» antes que las salivaderas. Estos implementos son arquitectónicos, monumentales: son los únicos monumentos. En somme, el país es interesante, ahora que también nosotros tenemos República: es su mejor ilustración, y la más severa advertencia. Es la última palabra en democracia, y esa palabra es: chatura. Es muy grande, muy rica y perfectamente fea. Un francés no podría vivir aquí, porque la vida para nosotros es, después de todo, en el peor de los casos, una suerte de apreciación. Aquí no hay nada para apreciar. En cuanto a la gente, son los ingleses menos las convenciones. Imagínate lo que queda. Las mujeres, pourtant, están a veces bastante bien hechas. Hubo una en Filadelfia —la conocí por accidente— a la que probablemente vuelva a ver. No anda buscando marido: ya lo tiene. Fue en el hotel; creo que el marido no cuenta. Un francés, como dije, puede equivocarse y necesita estar seguro de proceder correctamente. Aussi, ¡yo siempre me aseguro antes!

VII

De Marcellus Cockerel, en Washington, a la señora Cooler, née Cockerel, en Oackland, California

25 de octubre

Debería haberte escrito mucho antes, porque he tenido tu excelente carta en mis manos durante cuatro meses. En la primera mitad de ese tiempo yo todavía estaba en Europa, la segunda mitad la he pasado en el solar nativo. Pienso, por lo tanto, que mi silencio se debe al hecho de que allá me sentía demasiado miserable para poder escribir, y que aquí he sido demasiado feliz. Volví el 10 de septiembre, lo habrás visto en los diarios. País encantador, donde uno ve todo en los diarios: ¡los grandes, familiares, vulgares, benévolos, deliciosos diarios, ninguno de los cuales tiene más prestigio que el de no anteponer nada a la obtención de las noticias! Pienso que eso ha tenido tanto que ver como todo lo demás en mi satisfacción al volver a casa: la diferencia en lo que llaman «el tono de la prensa». En Europa es demasiado aburrido: la sapiencia, la solemnidad, la falsa respetabilidad, la verbosidad, las largas disquisiciones sobre temas anacrónicos. Acá los diarios son como los trenes, que acarrean todo lo que llega a la estación y tienen tan sólo la religión de la puntualidad. Como mujer, probablemente tú los detestes, piensas que son (la gran palabra) vulgares. Acabo de admitirlo, y estoy muy feliz de tener una temprana oportunidad de anunciarte que esa noción ya no me aterra tanto. Hay algunos conceptos hasta los cuales la mente femenina nunca se eleva. La vulgaridad es una acusación estúpida, superficial, una petición de principios que se ha vuelto hoy el más cómodo refugio de la mediocridad. Mucho más que otra cosa, le ahorra a la gente la incomodidad de pensar, y cualquier cosa que consigue ese ahorro, tiene éxito. Debes saber que en estos últimos tres años en Europa me he vuelto terriblemente vulgar, un beneficio otorgado por mis viajes. Por tres años en Europa quiero significar también tres años en tierras exóticas, porque pasé varios meses de ese lapso en el Japón, la India y el resto de Oriente. ¿Recuerdas cuando me dijiste adiós en San Francisco, la noche antes de embarcarme para Yokohama? Predijiste que me aficionaría tanto a la vida en el extranjero, que América no volvería a verme nunca y que si tú desearas verme (una circunstancia que fuiste lo bastante bondadosa como para considerarla posible), tendríamos que hacer una cita en París, o en Roma. Creo que concertamos una (que nunca cumpliste), pero nunca haré otra en esas ciudades. Sin embargo, fue en París que recibí tu carta: recuerdo el momento tan bien como si fuera (esto me honra) mucho más reciente. Debes saber que entre los muchos lugares que detesto, París se lleva la palma. Me aburro mortalmente allí: es el hogar de todas las falsedades. La vida está llena de ese falso confort que es peor que su ausencia; y las gentes pequeñas, regordetas e irritables me causan escalofríos. Estuve haciendo estas reflexiones, con más devoción aun que de costumbre, en una tediosa noche al comienzo del último verano, cuando, mientras regresaba a mi hotel, a las diez en punto, una portera, semejante a un pequeño reptil, me entregó tus amables líneas. Yo estaba de pésimo humor. Había tenido una cena sobrecargada, en un estirado restaurante, y de ahí había ido a un teatro sofocante donde, a modo de diversión, vi una obra en la que la sangre y las mentiras eran los horrores mínimos. Allí, los teatros son insoportables, la atmósfera es pestilente. La gente se sienta con sus codos en tus flancos y te empujan al pasar por delante de ti, cada media hora. Fue uno de mis malos momentos: tuve muchísimos de ellos en Europa. La pieza, aburrida, convencional, toda en falsete, que me parecía haber visto mil veces; las caras horribles de la gente; la ouvreuse que te empuja y te mandonea, con su falsa cortesía y su auténtica rapacidad, me hicieron abandonar el teatro después de una hora; y, puesto que era demasiado temprano para volver a casa, me senté en un café del Boulevard, donde me sirvieron un vaso de amarga cerveza aguada. Ahí, en el Boulevard, en la noche de verano, la vida era más fea aún que la obra, y no vale la pena que te cuente lo que vi. Además, estaba harto del Boulevard, con su eterna grimace y la mortal reiteración de la oferta de París, que pretende ser tan variada: las vidrieras son una jungla de basuras, y los paseantes una procesión de maniquíes. De pronto me di cuenta de que se suponía que estaba divirtiéndome —mi cara tenía una yarda de largo— y que probablemente tú estarías diciéndole a tu marido: «¡Se queda en Europa tanto tiempo! ¡Debe de estar divirtiéndose en grande!». Esta idea fue lo primero que me hizo sonreír en un mes; me levanté y me fui a casa pensando en el camino que yo estaba «viendo Europa» y que, después de todo, uno debe ver Europa. Fue porque me convencieron de esto que viajé, y es porque esta operación terminó que he sido tan feliz durante las últimas ocho semanas. Era muy consciente de ello y, aunque tu carta de aquella noche me hizo sentir abominablemente nostálgico del hogar, aguanté hasta el final, sabiendo que era de una vez por todas. No volveré a perturbar Europa, recorreré América por el resto de mis días. Mi larga demora en contestarte ha tenido la ventaja de que ahora, por lo menos, puedo darte mis impresiones. No digo de Europa (las impresiones de Europa son fáciles de percibir), sino de este país, tal como impresiona al exiliado que vuelve. Es muy probable que consideres curiosas estas impresiones, pero conserva mi carta y dentro de veinte años serán bastante comunes; ni siquiera serán vulgares. Mi viaje alrededor del mundo fue muy deliberado. Sabía que uno debe ver las cosas por sí mismo y que tendría la eternidad, por así decirlo, para descansar. Viajé enérgicamente: fui a todas partes y vi todo; llevé tantas cartas de presentación como fue posible, e hice otras tantas amistades. En resumen, apliqué mi nariz a la piedra de afilar. El resultado de todo esto es que me he liberado de una superstición. Tenemos tantas, que una menos —quizá la mayor de todas— hace una auténtica diferencia en nuestro bienestar. Esa superstición —tú, por descontado, la tienes— consiste en que no hay salvación fuera de Europa. Nuestra salvación está aquí, si tenemos ojos para verla, e incluye también la salvación de Europa; esto es, si Europa ha de ser salvada, cosa que dudo. Claro que me llamarás un libertario, un fanfarrón, un fanático de las estrellas y las barras, pero me encuentro en la encantadora posición de aquel a quien no le importa cómo lo llamen. No tengo una misión, no quiero predicar: simplemente, llegué a un estado mental, me saqué de encima a Europa. No sabes cuánto simplifica las cosas, ni cuán feliz me hace. Ahora puedo vivir, puedo hablar. Si los pobres norteamericanos pudiéramos decir, de una vez por todas: «¡A Europa, que la cuelguen!», nos ocuparíamos mucho mejor de nuestros propios asuntos. Sencillamente, tenemos que vivir nuestra propia vida, y el resto se dará por añadidura. Probablemente te preguntarás qué es lo que más me gusta de aquí, y te contestaré que es muy simple: la vida. Desagradable por desagradable, prefiero lo nuestro. ¡La forma en que me han aburrido y maltratado en el extranjero, y cómo tuve que decir que lo encontraba agradable! Por largo tiempo esto pareció una especie de obligación congénita, pero un buen día se me ocurrió que no había obligación alguna, y que me aliviaría considerablemente el admitir que, al menos para mí, todas esas cosas carecían de importancia. Quiero decir, las cosas con que te refriegan en Europa: los cansadores tópicos internacionales, las políticas mezquinas, las estúpidas costumbres sociales, el escenario de casa de muñecas. La vastedad y frescura de este mundo americano, la gran escala y el amplio ritmo de nuestro desarrollo, el sentido común y el buen natural de la gente, me consuela de la carencia de catedrales y Tizianos. No oigo hablar del príncipe Bismarck, ni de Gambetta, del emperador Guillermo o el zar de Rusia, de lord Beasconfield y el príncipe de Gales. Solía cansarme tanto de las peroratas de Bismarck, sus secretos y sorpresas, sus misteriosas intenciones, sus declaraciones de oráculo. Se burlan de nosotros por nuestra política de partidos, pero ¿qué son todos los celos y rivalidades europeos, sus armamentos y sus guerras, sus rapacidades y sus mutuas mentiras, sino la intensificación del espíritu de partido? ¿Qué interés importante, qué idea, cuál necesidad humana está involucrada en cualquiera de esas cosas? Sus grandes, pomposos ejércitos, alineados en largas filas tontas, sus alamares de oro, sus saludos, sus jerarquías, parecen un pasatiempo infantil; aquí hay un sentido del humor y de la realidad que se burla de todo eso. Sí, nosotros estamos más cerca de la realidad, más cerca de lo que ellos jamás lograrán estar. Las cuestiones del futuro son cuestiones sociales, que los Bismarck y los Beasconfield temen mucho ver solucionadas; y la visión de una fila de altivos magnates manteniendo a sus pueblos como su propiedad privada y haciendo teatro para impresionarse mutuamente con plumas y sables, nos resulta una mezcla de lo grotesco y lo abominable. ¿Qué nos importa de las mutuas impresiones de potentados que se divierten sentándose sobre la gente? Esas cosas son asunto suyo, y deberían encerrarlos en un cuarto a oscuras para que se arreglen entre ellos. Una vez que uno siente, estando aquí, que los grandes problemas del futuro son sociales, que una poderosa marea está arrastrando al mundo a la democracia y que este país es el mayor escenario en que ese drama pueda ser representado, los temas de moda en Europa parecen mezquinos y parroquiales. Allá hablan de cosas que nosotros ya hemos puesto en orden hace mucho tiempo, y la solemnidad con que te proponen sus pequeños problemas domésticos abre una ancha grieta en nuestro buen natural. En Inglaterra hablaban de la Ley de Liebres y Conejos, de la extensión de franquicias entre condados, de los entierros de los disidentes, de la hermana de la esposa fallecida, de la abolición de la Cámara de los Lores y el cielo sabe de cuántas ridículas, pequeñas medidas para ordenar su ridículo paisito. ¡Y nos llaman provincianos a nosotros! Es difícil sentarse y parecer respetable mientras la gente discute la utilidad de la Cámara de los Lores y la belleza de una Iglesia de Estado, y tan sólo en una civilización anticuada y rancia encontrarás a quienes se ocupen de esas cosas. La levedad y limpieza de la atmósfera social es el mayor alivio en esta parte del mundo. La cordialidad de los obispos, la pulcritud de los clérigos, hasta la imponencia de una catedral restaurada, otorgan menos encanto a la vida que ese alivio. Yo solía enfurecerme con los obispos y los clérigos, con la falsedad de todo ese asunto, de la cual todos eran conscientes pero estaban de acuerdo en no denunciar porque se verían muy comprometidos. La conveniencia de la vida aquí, los acuerdos rápidos y sencillos, la ausencia de espíritu rutinario, son un bendito cambio del estúpido estiramiento contra el que luché durante dos largos años. Había gente con espadas y condecoraciones, que solía mandonearme; para las más simples gestiones de la vida, tenía que hacer reverencias a un funcionario inflado. Cuando se trataba de que yo hiciera algo distinto de los demás, el funcionario inflado boqueaba como si lo hubiera golpeado en el estómago, necesitaba tomarse una semana para pensarlo. Por otra parte, es imposible tomar a un norteamericano por sorpresa: se avergüenza de confesar que carece del ingenio para hacer algo que otro hombre ha tenido el ingenio de pensar. Además de ser tan bueno como su vecino, tiene por lo tanto que ser igualmente sagaz: esto es algo que aflige sólo a la gente temerosa de que su vecino sea más sagaz. Si esta eficiencia general, junto con el amor al conocimiento, no es la verdadera esencia de una elevada civilización, no sé qué es una elevada civilización. Sentí este mayor alivio en mi primer viaje en tren: sentí la bendición de viajar en un tren dentro del cual podía moverme de acá para allá, donde podía estirar las piernas, ir y venir; donde tenía un asiento y una ventanilla para mí; donde había mesas y sillas, comida y bebida. Los mezquinos, pequeños compartimientos de los trenes europeos, en los que estás atascado en un rincón, con las rodillas dobladas, frente a una hilera de hombres —la mayoría de ellos ofensivos, que te miran fijamente a la cara durante diez o más horas —, fueron parte de mi ordalía de dos años. La manera amplia y suelta en que se hacen las cosas aquí es un placer, en todas partes. En mi hotel de Londres solían venir el sábado a preguntarme qué quería cenar el domingo, y cuando pedí una hoja para escribir, me la pusieron en la cuenta. La mezquindad, la avaricia, la perpetua expectativa de una propina, solían exasperarme. Por supuesto que conocí a mucha gente agradable; pero, puesto que te escribo a ti y no a ellos, puedo decirte que tendían terriblemente a ser obtusos. La imaginación, entre la gente que veo aquí, es más flexible; y luego tienen la ventaja de un horizonte más amplio. No está limitado al norte por la aristocracia inglesa y al sur por el escrutinio electoral (confundo un poco los países, pues no vale la pena distinguirlos). La ausencia de pequeños cálculos convencionales, de pequeños, secos prejuicios, es un inmenso alivio. Somos más analíticos, más discriminadores, más familiarizados con las realidades. En cuanto a modales, en todas partes hay malos modos, pero una aristocracia es la organización de las malas maneras (no quiero decir que no sean amables entre ellos, pero son groseros con todos los demás). La visión de todos estos millones que aquí prosperan ocupándose sólo de sus asuntos, me impresiona más que todos los botones dorados y las pecheras acolchadas del Viejo Mundo; y hay un cierto vigoroso tipo de norteamericano «práctico» (se lo encuentra de preferencia en el Oeste), que no fanfarronea como yo (yo no soy práctico) sino que, calladamente, siente que lleva el Futuro en sus entrañas: un tipo al que admiro más que a cualquier otro que haya conocido en tus países predilectos. Por descontado que insistirás en las catedrales y los Tizianos, pero hay un pensamiento que te ayuda a prescindir de ellos: el pensamiento de que si bien aquí hay mucha simpleza, hay muy poca miseria, poca sordidez, poca degradación. No hay una clase social que golpee sistemáticamente a las esposas, y no existen esos campesinos obtusos de los que se necesitan muchos para hacer un noble europeo. El pueblo es aquí más consciente de las cosas:

inventa, acciona, responde por sí mismo, no está atado (hablo de cuestiones sociales) por la autoridad y la jerarquía. Poco a poco, tendremos todos los Tizianos y nos traeremos varias catedrales. Si quieres tener lo mejor, harás bien en quedarte aquí. Por supuesto, soy un yanqui vociferante, pero me llamarías así aunque yo dijera lo mínimo, de modo que hago lo que quiero y digo lo máximo. Washington es el lugar más divertido, y por lo menos aquí, en la sede del gobierno, uno no está hipergobernado. En realidad, no hay gobierno alguno de que hablar, y eso parece demasiado bueno para ser verdad. El primer día en que estuve aquí fui al Capitolio, y me llevó tiempo entender que tenía tanto derecho a estar allí como cualquiera, y que todo este magnífico monumento (de paso: es magnífico) es realmente de mi propiedad. En Europa uno no llega a semejante conclusión, y mi espíritu había sido quebrantado en Europa. Las puertas estaban abiertas de par en par: caminé por todas partes, no había porteros, ni funcionarios, ni lacayos, ni siquiera un agente de policía. Parecía raro no ver un uniforme, aunque más no fuere como un toque de color. Pero aquí no se gobierna con librea. La ausencia de esas cosas resulta rara, al principio, te parece que te falta algo, imaginas que la máquina se ha detenido. Pero no es así, sin embargo: es tan sólo que trabaja sin fuego, ni humo. Al cabo de tres días, esta simple impresión negativa —esto es, que no hay ni soldados ni espías, sino únicamente sencillas chaquetas negras— empieza a afectar la imaginación, se vuelve vivida, majestuosa, simbólica. Termina por ser más impresionante que el mayor desfile militar que vi en Alemania. Claro que soy un yanqui vociferante, pero uno debe esgrimir un gran pincel para copiar a un gran mundo. El futuro está aquí, por supuesto, pero no es sólo eso: el presente también está aquí. Te quejarás de que no te doy noticias personales, pero es que soy mucho más modesto respecto de mi persona que de mi país. Pasé un mes en Nueva York y mientras estuve allí vi con mucha frecuencia a una chica bastante interesante, que viajó conmigo en el barco y con la cual, durante un día o dos, pensé que me gustaría casarme. Pero no debo hacerlo. ¡Europa la ha echado a perder!

VIII

De la señorita Aurora Church, en Nueva York, a la señorita Whiteside, en París

9 de enero

Le conté a tu padre (después de que desembarcamos) mi convenio con mamá: que yo dispondría por tres meses de mi libertad y que si al cabo de ese lapso no hubiera hecho buen uso de ella, se la devolvería. Pues bien, el plazo se cumple hoy y mucho me temo que no he hecho buen uso. En realidad, no la usé para nada en absoluto: no me he casado, que es lo que mamá pretendía de nuestro pequeño acuerdo. Intentó durante años casarme en Europa, sin dote, y puesto que nunca (en la medida de mi conocimiento) pudo ni siquiera acercarse a esa meta, finalmente pensó que si lo dejaba a mi cargo, tal vez yo lo haría mejor. Por cierto que no pude hacerlo peor. Bien, querida mía, lo hice muy mal: esto es, no lo hice, en absoluto. Ni siquiera lo intenté. Tenía la idea de que aquí este asunto se resolvería solo, pero no ha sido así. No diré que estoy disgustada por no haber visto, en general, a alguien con quien me gustaría casarme. Aquí, cuando te casas con alguien, se espera que lo ames; y no he visto a nadie que me gustaría amar. No sé por qué razón, pero no he pensado en ninguno de ellos. Quizá sea porque pensé algo imposible; y, sin embargo, conocí gente en Europa con la que me habría gustado casarme. Es verdad que casi siempre estaban casados con otra. Lo que me disgusta es, simplemente, tener que devolver mi libertad. No deseo especialmente casarme, y en verdad deseo, sí, hacer lo que quiera, como lo he venido haciendo este último mes. De todas maneras, lo siento por la pobre mamá, porque no ha sucedido nada de lo que ella deseaba que sucediera. Para empezar, no somos tenidas en cuenta ni siquiera por los Ruck, que han desaparecido de esa extraña forma que tiene aquí la gente, que parece esfumarse del mundo. No hemos causado sensación alguna, mis nuevos vestidos no cuentan para nada (aquí los hay mejores), nuestros estudios filológicos e históricos no interesan. Nos han dicho que tal vez nos iría mejor en Boston, pero, por otra parte, mamá ha oído que en Boston la gente se casa sólo con sus primos. Luego, mamá está fuera de sí porque el país es extremadamente caro y nos hemos quedado sin dinero. Más aun, ni me he fugado con nadie, ni he sido ofendida, ni se ha hablado mal de mí, ni —que yo sepa— se han deteriorado mis modales, o mi carácter, de modo que mamá se equivocó en todas sus predicciones. Creo que hubiese preferido que me ofendieran. Pero he sido tan poco ofendida como adorada. Aquí no te adoran: tan sólo te hacen creer que lo harán. ¿Recuerdas a los dos caballeros que iban en el barco y que, después de que llegamos, venían a verme alternadamente? Al comienzo ni soñé que estuvieran cortejándome, aunque mamá estaba segura de que de eso se trataba; después, cuando siguió así durante un buen tiempo, pensé que tal vez era eso; ¡y terminé por ver que no era nada! Era simple conversación, aquí les encanta conversar. El señor Leverett y el señor Cockerel un buen día desaparecieron, sin la menor pretensión de haberme roto el corazón, estoy segura, ¡aunque dependía tan sólo de mí el pensar que lo habían hecho! Todos los caballeros son así, no sabes qué quieren decir, todo es muy confuso: la sociedad parece consistir en una suerte de inocente ruptura de compromisos matrimoniales. Pienso, en suma, que estoy un poco frustrada: no me refiero al hecho de no casarme, sino a la vida en general. Al comienzo parece tan diferente, que esperas que sea muy excitante y luego descubres que, después de todo, cuando has salido sola durante una semana o dos, y paseado con un caballero en un buggy, eso es todo lo que hay, como dicen aquí. Mamá está muy disgustada al no encontrar más cosas que rechazar: ayer admitió que, una vez que más o menos te has instalado, el país ni siquiera tiene el mérito de resultar odioso. Esto tiene algo que ver, evidentemente, con su repentina propuesta, tres días atrás, de que deberíamos irnos al Oeste. ¡Imagínate mi sorpresa ante semejante idea proviniendo de mamá! La gente de la pensión —que, como siempre, desea enormemente sacársela de encima— le ha hablado del Oeste, y ella lo ha tomado con una especie de desesperación. Verás: tenemos que hacer algo, sencillamente no podemos quedarnos aquí. Nos estamos arruinando a toda velocidad y —por así decirlo— no estamos casándonos. Quizá sea más fácil en el Oeste; será más barato, por lo menos, y el país tendrá la ventaja de ser más odioso. La cuestión está entre eso, o volver a Europa, y por el momento mamá está haciendo cálculos. Yo no digo nada: me es indiferente, de verdad; tal vez me case con un pionero. Tan sólo pienso en cómo recuperar mi libertad. Realmente, no será posible, ya no la tengo más, la he entregado a otros. ¡Mamá podrá recuperarla, si puede, de manos de ellos! En este momento ha entrado para decirme que debemos apurarnos: se ha decidido por el Oeste. ¡Maravillosa mamá! Parece que mi verdadera oportunidad está en un pionero, a veces tienen millones. ¡Pero imagínanos en el Oeste!